公事宿始末人 破邪の剣

黒崎裕一郎

祥伝社文庫

目次

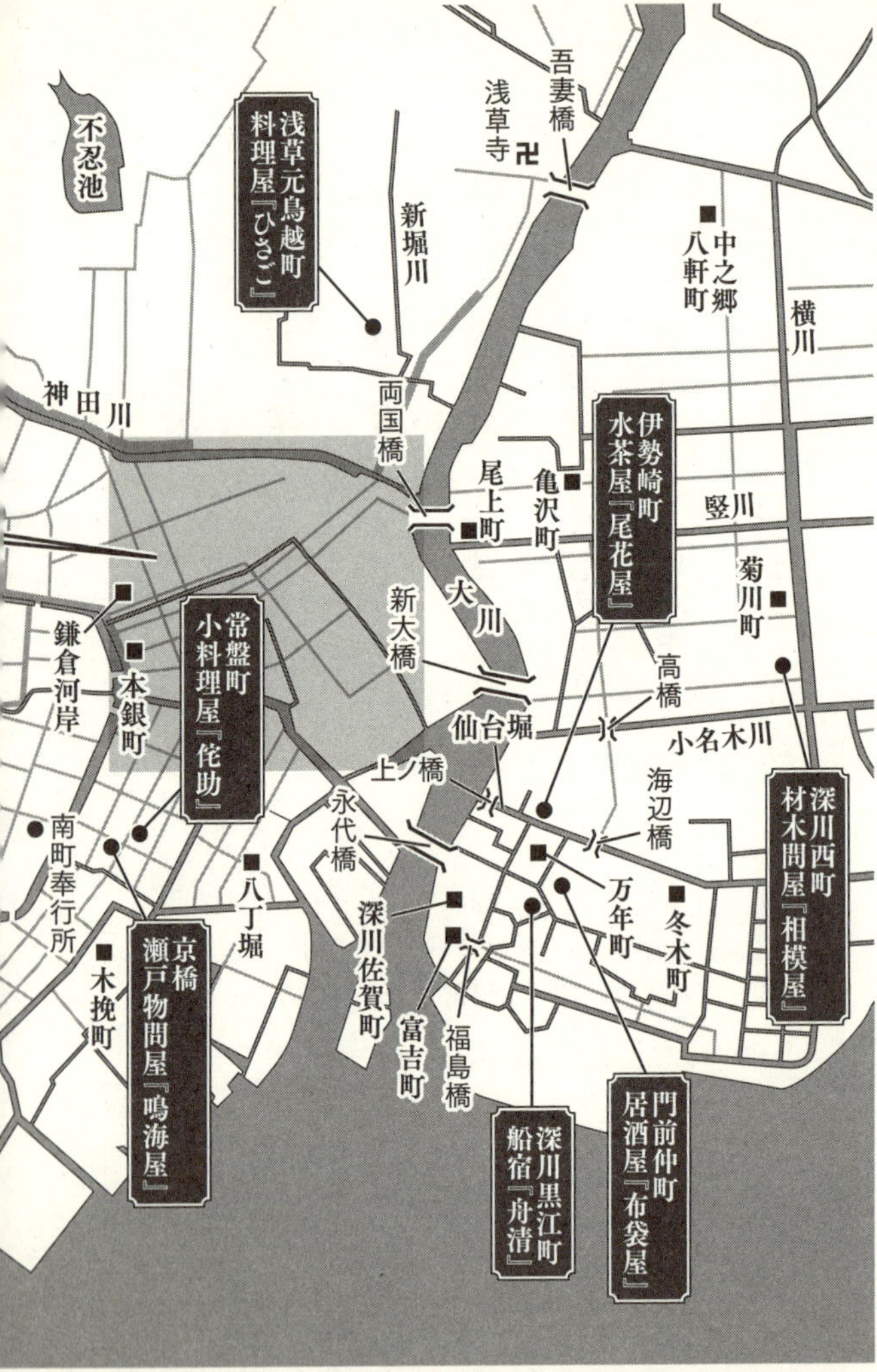

不忍池
浅草元鳥越町
料理屋『ひさご』
新堀川
浅草寺
吾妻橋
中之郷
八軒町
横川
神田川
両国橋
尾上町
亀沢町
伊勢崎町
水茶屋『尾花屋』
竪川
菊川町
大川
新大橋
高橋
仙台堀
小名木川
鎌倉河岸
本銀町
常盤町
小料理屋『侘助』
上ノ橋
海辺橋
永代橋
南町奉行所
八丁堀
深川佐賀町
万年町
冬木町
深川西町
材木問屋『相模屋』
京橋
瀬戸物問屋『鳴海屋』
木挽町
富吉町
福島橋
深川黒江町
船宿『舟清』
門前仲町
居酒屋『布袋屋』

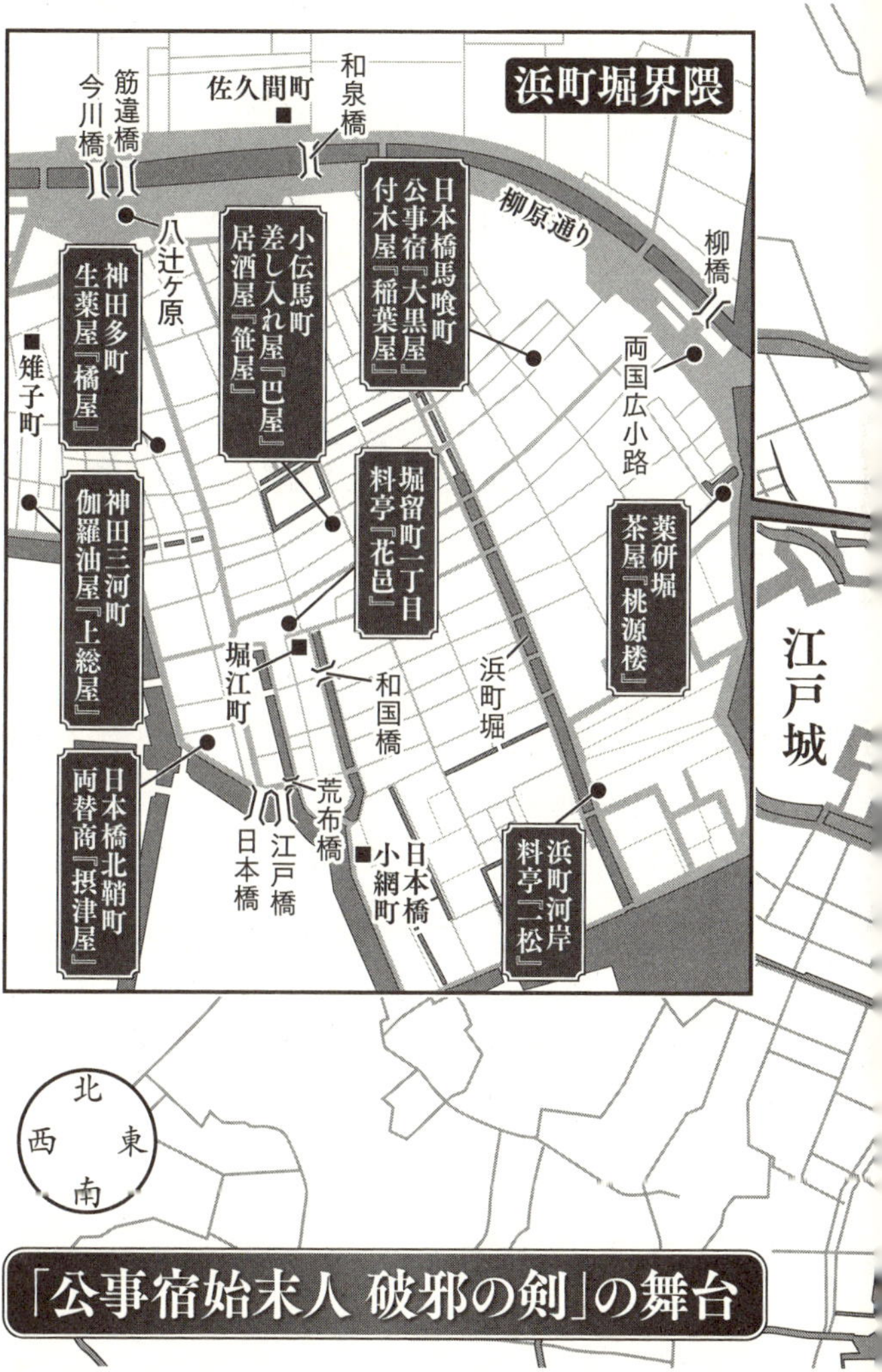

「公事宿始末人 破邪の剣」の舞台

第一章　濡《ぬ》れ衣

一

遠雷《えんらい》が鳴り響いている。

黒雲が急速に流れ、西の空にほんのりと茜色《あかねいろ》の残照がにじみはじめた。

このひと月あまり、降ったりやんだりの鬱陶《うっとう》しい空模様がつづいていたが、ようやく梅雨《つゆ》が明けそうな気配である。

「雨が上がったようだね」

帳場ののれんを割って出てきたのは、五十がらみの恰幅《かっぷく》のよい男――日本橋《にほんばし》馬喰町《くろちょう》の旅人宿《たびにんやど》『大黒屋《だいこくや》』のあるじ・宗兵衛《そうべえ》である。土間で客の履物《はきもの》や雨具を片づけていた番頭の与平《よへい》が顔を上げて、

「ひどい吹き降りでした。これで梅雨も明けるでしょう」

「そう願いたいものだね。雨はもううんざりだよ」

「お出かけでございますか」

「ああ、気散じにちょいとそのへんを歩いてこようかと思ってね」

与平はうなずいて、沓脱《くつぬ》ぎに素早く下駄《げた》をそろえた。

「行ってらっしゃいまし」

与平の声に送られて、宗兵衛は通りに出た。

雨上がりの路面にきらきらと薄明《はくみよう》がはじけている。道のあちこちにできた水たまりを避けながら、宗兵衛はゆったりとした足取りで歩きはじめた。

日本橋馬喰町は、西は浜町堀《はまちようぼり》の鞍掛《くらかけ》橋のたもとから、東は浅草《あさくさ》御門前の広小路《ひろこうじ》まで、一丁目から四丁目まであり、通りの両側には旅籠《はたご》屋がずらりと軒《のき》をつらねている。

町名の由来については諸説あるが、慶長《けいちよう》七年（一六〇二）の立て札には、

〈馬の売買、安馬たりとも馬喰町の外《ほか》一切停止《ちようじ》の事〉

とあり、すでにそのころから馬喰町の称があったようである。

また、以前はこの町に郡代《ぐんだい》屋敷があったため、地方から訴訟や裁判のために出府してきた人々が宿泊する「公事宿《くじやど》」と呼ばれる旅籠（通称・旅人宿）が百軒ほどあった。

『大黒屋』もその一軒である。間口六間、奥行十六間、部屋数十室、馬喰町でも三本の指に入る大きな公事宿で、宗兵衛は宿仲間の行事《ぎょうじ》（世話役）をつとめている。

空が明るくなった。

つい寸刻前、土砂降りの雨をもたらした黒雲は東のかなたに消え去り、桔梗色《ききょういろ》に染まった空に真綿のような白い雲の塊《かたまり》が一つだけぽつんと浮いている。ひさしぶりに見る晴れ空である。

「少々おたずねいたしますが」

初音《はつね》の馬場の入り口にさしかかったところで、ふいに人混みの中から声をかけられた。振り返って見ると、身なり風体《ふうてい》も上品な、どこぞの大店《おおだな》のあるじと見える初老の男が足早に歩み寄ってきて、

「『大黒屋』という公事宿をご存じありませんか」

「手前が『大黒屋』のあるじでございますが」

「さようでございますか。それはよいところでお会いしました。手前は神田三河《かんだみかわ》町《ちょう》の伽羅油屋《きゃらあぶらや》『上総屋《かずさや》』のあるじで、清右衛門《せいえもん》と申します。じつは……」

といいさすのへ、

「公事のご相談でしたら、宿のほうでおうかがいいたしましょう。どうぞ、こちらへ」

宗兵衛は、清右衛門をうながして踵《きびす》を返した。

ふたたび宿にとって返すと、宗兵衛は女房のお春《はる》に茶の支度をさせ、清右衛門を帳場のわきの六畳の部屋に招じ入れた。

公事宿は、訴訟や裁判のために地方から出てきた人々を宿泊させるだけでなく、公事の相談や訴訟の代行、訴状や上疏《じょうそ》（上書）の代筆なども行った。ちなみに「公事」とは裁判のことである。

宗兵衛の宿で取り扱う公事訴訟の大半は、「出入物《でいりもの》」と呼ばれる民事事件で、わけても金銭貸借のもつれなどによる「金公事《かねくじ》」が九割方を占めていた。清右衛門の相談事も大方金銭にまつわる揉《も》め事だろうと、宗兵衛は思っていたのだが……。

「相談と申しますのは、手前の倅《せがれ》・清之助《せいのすけ》のことでございまして」

お春が運んできた茶をすすりながら、清右衛門が沈痛な表情でぽつりぽつりと語りはじめた。今年二十六になる一人息子の清之助が、身に覚えのない罪で小伝《こでん》馬町《まちょう》の牢に入れられたというのである。

「身に覚えのない罪、と申しますと？」

「ご禁制の阿片《あへん》を隠し持っていたという嫌疑でございます」

「阿片を……？」

宗兵衛は意外そうな目で見返した。

「伜は日ごろから身持ちの悪い男でしたので、身から出た錆《さび》といってしまえばそれまででございますが、しかし」

と、いったん言葉を切って、飲みかけの茶を盆《ぼん》にもどすと、清右衛門はすくい上げるように宗兵衛を見て、

「もともとが気の小さい男ですから、阿片に手を出すような、そんな大それた真《ま》似《ね》ができるわけはないのです」

つまり冤罪《えんざい》だというのだ。

「息子さんが捕まったのは、いつのことですか？」

「昨夜の五ツ（午後八時）ごろでございます。場所は深川《ふかがわ》の伊勢崎町《いせざきちょう》……」

これは今朝方、小伝馬町の牢屋敷《ろうやしき》に面会に行ったさいに、清之助の口から直接聞いてきたことである。清右衛門はその一部始終を宗兵衛に語り、最後に藁《わら》をもすがるような切羽つまった表情で、

「きっと何かの間違いです。清之助は無実でございます。なにとぞ、……なにとぞ、伜を助けてやってくださいまし」

涙声で必死に訴えた。

(さて、どうしたものか)

やや困惑したように、宗兵衛は腕を組んで沈思した。

息子の無実を信じたいという清右衛門の気持ちは痛いほどよくわかる。

しかし、前述したように、公事宿は金銭にまつわる「出入物」(民事事件)の訴訟代行をもっぱらとしており、清右衛門の訴えのような「吟味物《ぎんみもの》」(刑事事件)は、原則として取り扱わないことにしていた。仮に引き受けたとしても、被疑者の付添い人として町奉行所へ出頭し、情状酌量を願い出るぐらいのことしかできないのだ。

ましてや、清之助にかけられた嫌疑は「阿片所持」という重大犯罪であり、すでに小伝馬町の牢屋敷に収監されているのである。法的権限を何も持たない公事宿には、なすすべがないのだ。

とはいえ、清右衛門の必死の訴えをむげに断るわけにもいかなかった。もし清之助にかけられた嫌疑が冤罪であるならば、救済の道もわずかに残っているかもしれない。

長い沈黙のあと、宗兵衛は意を決するようにうなずいた。

「わかりました。一度仔細《しさい》を調べてみましょう」

「よろしくお願いいたします！」

額をこすりつけんばかりに低頭すると、清右衛門は悄然《しょうぜん》と肩を落として出ていった。そのうしろ姿を見送りながら、

（この公事は、〝裏〟に廻すしかあるまいな）

宗兵衛は肚《はら》の中でそうつぶやいていた。


陽が落ちて、四辺に薄い夕闇《ゆうやみ》がただよいはじめた。

東の空にぼんやり白い月が浮いている。

人通りの絶えた神田堀の掘割通りを、商家の内儀らしき女が供の若い男を連れて足早に歩いていた。女は抜けるように色が白く、目鼻立ちのととのった美人――日本橋北鞘町《きたさやちょう》の両替商『摂津屋《せっつや》』の若内儀・おひでである。供の男は手代の新助《しんすけ》。この日、取り引き先に不幸があり、仕事で他行《たぎょう》している亭主の名代で、香典《こうでん》を届けに行った帰りだった。

「だいぶ暗くなってきましたね」

歩きながら、おひでがいった。刻々と夕闇が濃くなってきている。だが、提灯《ちょうちん》が要るほどの暗さではなかった。

「道がぬかるんでますので、お足元にお気をつけくださいまし」

手代の新助が、おひでを気づかうように先に立って歩きはじめた。

今川橋《いまがわばし》の手前にさしかかったとき、前方の路地から、二人の浪人者がふらりと姿を現した。いずれも薄汚れた木綿《もめん》の粗衣に鈍色《にびいろ》の袴《はかま》をはいた、見るからにすさんだ感じの浪人者である。おひでと新助が道の端に寄って浪人者をやり過ごそうとすると、

「おい」

髭面《ひげづら》の浪人者がいきなり二人の前に立ちふさがった。

「な、何か?」

「酒を一杯付き合わんか」

どこかで一杯引っかけてきたらしく、二人とも目のふちを赤く染め、酒臭い息を吐いている。おひでは怯《おび》えるように後ずさりしながら、

「急ぎの用事がありますので」

と一礼して、浪人者のかたわらをすり抜けようとすると、ふいにもう一人の小肥《こぶと》りの浪人者がおひでの腕をむんずとつかんで、好色な笑みを浮かべた。

「つれないことを申すな。何も焼いて食おうというのではない。酒の酌をしてくれればいいのだ。さ、こい！」

「乱暴はおやめください！」

新助が必死におひでの腕を引き離そうとすると、髭面の浪人者が、

「ええい、小わっぱの出る幕ではないわ！」

一喝するや、新助の襟首《えりくび》をわしづかみにして、力まかせに投げ飛ばした。バシャッと泥水をはね上げて、新助はぬかるみに仰向けに転がった。

八代将軍・徳川吉宗《とくがわよしむね》治世の延享《えんきよう》元年（一七四四）、江戸市中にはこの手の不逞《ふてい》浪人が掃いて捨てるほどいた。幕府の厳しい大名統制策によって、元禄《げんろく》期から延享時代にかけて、おびただしい数の大名が改易《かいえき》になり、主家を失い、職にあぶれた諸国の浪人者が陸続と江戸に流れ込んできたためである。

「さ、くるんだ！」

二人の浪人者はおひでの腕を取って強引に連れ去ろうとした。と、そこへ、ぬっと人影が現れ、二人の行く手をふさぐように立ちはだかった。

「な、なんだ、貴様は！」

長身の浪人者である。歳のころは三十一、二。彫りの深い端整な面立ち、着流し姿、腰に蠟色鞘《ろいろざや》の大刀を落とし差しにしている。

「通りすがりの者だ。女が嫌がっている。放してやれ」

「貴様には関わりない。どけ」

突き飛ばそうとしてグイと腕を伸ばした瞬間、浪人はひらりと体《たい》を開くや、突き出された腕をわしづかみにして、輪を描くようにひねり倒した。相撲の小手投げのような技である。髭面の体がふわりと宙に浮き、ぬかるんだ地面にしたたかに叩《たた》きつけられた。

「お、おのれ！」

小肥りが抜刀と同時に猛然と斬《き》りかかってきた。次の刹那《せつな》、しゃっ！

抜く手も見せず浪人の刀が鞘走った。左逆袈裟《ぎゃくけさ》の一刀である。すさまじい勢いで血飛沫《しぶき》が飛び散り、何かが高々と宙に舞った。小肥りの浪人者は、一瞬、何が起きたのかわからず棒立ちになっている。一拍の間を置いてパシャッと泥水がはねた。

小肥りはきょとんと足元を見下ろした。切断された右手首が刀をにぎったままぬかるみに落ちている。それを見て、はじめて右手首が斬り落とされたことに気づき、

「ぎえッ！」

と異様な悲鳴を上げた。地面に這《は》いつくばっていた髭面の浪人者が何を思ったか、切断された小肥りの手首をあわてて拾い上げるや、

「に、逃げろ！」

わめきながら一目散に逃げ出した。それを追って、小肥りも脱兎《だっと》の勢いで奔馳《ほんち》した。

浪人は刀の血ぶりをして鞘に納めると、蒼白《そうはく》の顔で立ちすくんでいるおひでと新助にちらりと目礼し、何事もなかったように悠然《ゆうぜん》と背を返した。

「あ、あの……」

ようやく我に返って、おひでが浪人に声をかけた。浪人は足を止めて振り返った。

「ありがとうございました」

「礼にはおよばんさ」

表情のない顔でそういうと、浪人はふたたび踵を返した。おひでが数歩追いすがって、

「せめて、お名前なりとも」

「千坂《ちさか》……、唐十郎《とうじゅうろう》」

背を向けたまま、低く応えると、浪人は大股《おおまた》に去って行った。

二

四半刻（三十分）後――。

千坂唐十郎は、浅草元鳥越《もととりごえ》の盛り場の雑踏の中を歩いていた。

夕闇が宵闇に変わり、盛り場の小路は、おびただしい明かりに彩られていた。

商《あきな》いの小店にまじって、居酒屋や小料理屋、煮売屋などがひしめくように軒をつらね、それぞれが軒行灯《のきあんどん》や提灯をかかげて、五彩の光をまき散らしている。

小路の一角に小料理屋『ひさご』の軒灯《のきび》が見えた。間口二間ほどの小体《こてい》な店である。

唐十郎は紫紺ののれんをくぐって、店の中に足を踏み入れた。十人も入れば一

杯になるようなせまい店である。時刻が早いせいか、客の姿はなかった。

「あ、旦那《だんな》、いらっしゃいまし」

奥から女将《おかみ》のお喜和《きわ》が艶然《えんぜん》と微笑《わら》いながら出てきた。歳は二十六。化粧映えのする派手な顔立ちの女である。豊満な体から女盛りの色気がむんむんとただよってくる。

「暇《ひま》そうだな」

「雨が上がったばかりですからねえ。……お酒にしますか？」

「ああ、冷やでいい」

奥の席に腰を下ろすと、唐十郎は煙草盆《たばこぼん》を引き寄せて、煙管《きせる》にきざみ煙草を詰め込み、行灯の火を移して深々と吸い込んだ。

お喜和が徳利二本と香の物の小鉢を運んできて、唐十郎のかたわらに腰を下ろし、どうぞと酌をしながら、お仕事、忙しいんですかと上目づかいに訊《き》いた。

「いや、このところさっぱり声がかからぬ」

「今年は長梅雨でしたからねえ」

「それとこれとは関わりあるまい」

唐十郎は苦笑した。

「梅雨のあいだは、悪事もお休みなんですよ、きっと」

いたずらっぽく微笑って、お喜和は冗談をいった。その笑顔がまたぞくっとするほど色っぽい。唐十郎が徳利を差し出した。

「おまえも呑《の》むか」

「ええ、いただきます」

差しつ差されつしながら、他愛のない世間話に花を咲かせていると、からりと格子戸が開いて、商家の旦那ふうの男が入ってきた。お喜和が首を廻して男を見た。公事宿『大黒屋』のあるじ・宗兵衛である。

「あら、大黒屋さん」

宗兵衛はお喜和に軽く会釈《えしゃく》して、唐十郎の前に立った。

「千坂さまのお宅にうかがったところ、お留守でしたので、こちらにいらっしゃるんじゃないかと思いまして」

「おれに何か用か？」

「ええ」

うなずきながら、宗兵衛はためらうように視線を泳がせた。どうやら唐十郎に内密の話があるらしい。すぐにそれと察したお喜和が「仕事の話でしたら、どうぞ二階をお使いくださいまし」といって、徳利と猪口《ちょこ》を盆にのせて、奥の階段に二人をうながした。

「では、遠慮なく」

一礼して、宗兵衛が先に階段を上っていった。唐十郎はお喜和から盆を受け取って宗兵衛のあとにつづいた。

二階は六畳の畳部屋になっている。女のひとり住まいらしく、部屋の中は小ぎれいに片づいている。お喜和はこの部屋で寝起きしているのである。

「仕事か」

畳の上にどかりと腰をすえるなり、唐十郎が訊いた。

「はい。先ほど神田三河町の伽羅油屋『上総屋』の主人がたずねてまいりましてね」

清右衛門から依頼された一件を、宗兵衛は淡々とした口調で語りはじめた。唐十郎は手酌で酒を呑みながら黙って聞いている。ひとしきり語りおえたあと、宗兵衛が探るような目で唐十郎を見やり、

「むげに断るわけにもいきませんので」

ぽつりといった。

「引き受けたのか」

「はい。できれば〝裏〟で始末していただけないものかと――」

世の中には、法で裁けぬ悪事や法で晴らせぬ怨《うら》みが山ほどあり、その陰で泣き寝入りしている人々も五万といる。公事宿のあるじとして、そうした人たちの悲惨な姿を嫌というほど見てきた宗兵衛が、とある事件を介して知り合った千坂唐十郎に、法の網からこぼれ落ちた事件（裏公事）を闇で処理する「始末人」になってもらえないか、と持ちかけたのはつい三カ月ほど前のことだった。

『ひさご』の用心棒をしながら、無為徒食《むいとしょく》の浪人暮らしをしていた唐十郎は、渡りに舟とばかりその仕事を引き受けた。それ以来、これが二度目の仕事になる。

「ちょうどふところ具合も寂しくなったところだ。その仕事引き受けよう」

猪口を口に運びながら、唐十郎が無表情に応えた。

「今度の仕事は手間ひまがかかりそうです。六両ということでいかがでしょうか」

当初は〝裏公事〟一件につき五両という約束だったが、宗兵衛はそれに一両を上乗せしたのである。

「不足はない」

「では」

と懐中から紙入れを取り出して、金子《きんす》一両を唐十郎の膝前《ひざまえ》に置くと、

「手付け金でございます。一つよしなに」

一礼して、宗兵衛は腰を上げた。人目をはばかる〝裏仕事〟の依頼である。用件が済めば長居は無用なのだ。

階段を下りて行く足音を聞きながら、唐十郎は膝元に置かれた一両をつかみ取って無造作にふところにねじ込み、空になった猪口に酒を注いだ。

階下で「またお立ち寄りくださいまし」とお喜和の声が聞こえ、ほどなくトントントンと階段を上ってくる足音がした。

「お酒のお代わりをお持ちしました」

と盆に徳利二本を載せて、お喜和が入ってきた。

「酒はもういい」

「あら、めずらしいじゃありませんか、旦那がお酒を断るなんて」

いいつつ、お喜和が腰を下ろすと、唐十郎は無言のまま、いきなりお喜和の腕を取って引き寄せた。まるでそれを待っていたかのように、お喜和はされるがままにしんなりと体をあずけた。

この半月あまり、唐十郎はお喜和を抱いていなかった。鬱陶しい梅雨空がつづいたせいで、情欲がわかなかったのだろう。男というのは奇妙なものだ。雨が上がったとたん、急に女の肌が恋しくなった。それで『ひさご』をたずねる気になったのである。

抱き寄せて、お喜和の口を吸った。甘い脂粉《しふん》の香りが男の本能を刺激する。口を吸いながら胸元に手をすべり込ませた。やわらかい乳房の感触が手のひらに伝わる。

お喜和がかすかにあえぎはじめた。

抱いたまま、そっとお喜和を畳の上に横たわらせ、帯に手をかけた。するりと帯が解かれ、お喜和の胸元があらわになった。白い豊かな乳房がこぼれ出る。ゆっくり揉みしだきながら、唐十郎は乳首を吸った。舌先で転がすように乳首を愛《あい》撫《ぶ》する。たちまち乳首が硬直する。

「あ、ああ……」

お喜和が白い喉《のど》をそり返らせる。唐十郎の手が着物の下前《したまえ》をはぐった。むっちりと肉《しし》づきのよい太股《ふともも》がむき出しになる。お喜和は身をよじりながら、自分で着物を脱いだ。下は藤色の長襦袢《ながじゆばん》である。白い肌に藤色がよく映える。お喜和の手が唐十郎の下腹に伸びた。下帯の上から一物をにぎる。それはすでに怒張していた。

「こんなに大きくなって――」

お喜和がつぶやいた。唐十郎はその手をやさしく払いのけて長襦袢を脱がした。

下は二布《ふたの》（腰巻）一枚、これも藤色である。腰紐《こしひも》を解いて、二布を剝《は》ぎ取った。一糸まとわぬ全裸である。ゆで玉子のむき身のように白くつややかな裸身。股間《こかん》に黒々と秘毛が茂っている。太股を撫《な》でまわす。撫でながら、唐十郎も着物を脱いだ。筋骨隆々、鋼《はがね》のようにたくましい体である。

下帯もはずした。怒張した一物がはじけるように飛び出す。

お喜和の上におおいかぶさり、乳房を口にふくみながら、股間に右手を差し入れた。指先が秘毛をかきわけて、切れ込みに触れる。

「あっ」

と、お喜和がのけぞった。唐十郎の指が秘孔に侵入したのである。壺《つぼ》の中は熱く、しとどに濡《ぬ》れている。二本の指で壺の肉ひだを愛撫する。ひくひくと波打っている。

「だ、旦那……、は、早く、入れて……」

激しく身をくねらせながら、お喜和がせがむように口走る。唐十郎は上体を起こして、お喜和の足元に膝をつくと、両足首を持って高々と抱え上げた。はざまがあらわになる。唐十郎の目がその部分に吸いついている。お喜和は羞恥《しゅうち》の気配すら見せない。見られていることに快感を覚えているのだ。薄桃色の切れ込みがぬれぬれと光っている。

唐十郎は怒張した一物をひとしごきして、切れ込みにあてがった。尖端《せんたん》を筋目にそって二、三度上下にこすりつけ、ゆっくり挿入する。根元まで深々と埋没した。

「あー」

と、お喜和が絶え入るような声を発した。壺口がきゅっと締まる。根元に強い緊迫感があった。埋没させたまま腰をまわす。壺の中で一物がうねうねとくねっている。

お喜和が激しく尻を振る。振るたびに肉ひだが伸縮する。その感触が堪《たま》らない。体の深部からじわりと快感がわき立ってくる。

「あ、いい……、いい！」

口走りながら、お喜和が激しく腰を振る。乱れた髪が汗で濡れた額に張りついている。半眼に開いた目をうつろに宙にすえ、忘我の境で腰を振りながら、唐十郎の腰に両手をまわしてひしと抱き締めた。下腹が密着する。壺口から愛液がしたたり、出し入れするたびに淫靡《いんび》な音がする。お喜和の肌にさざなみが立った。

「あ、だめ、だめ……、いきます！」

大きくのけぞりながら、お喜和が絶叫した。唐十郎も昇りつめてゆく。

限界だった。

「お、おれも……、果てる！」

一気に引き抜いた。と同時に白濁した淫液がドッとお喜和の腹に飛び散った。

唐十郎の体がぐったりと弛緩《しかん》する。そのままお喜和の上に体を重ねる。

お喜和の尻のあたりがかすかに痙攣《けいれん》している。荒い息づかいで、お喜和は唐十郎にしがみついた。背骨がきしむほどの強い力である。

情事の余韻を楽しむように、しばらく二人は抱き合ったまま動かなかった。

「――旦那」

やがて、お喜和がぽっかり目を開けて、

「もう一度」

と唐十郎の耳元でささやくようにいった。女の欲情には底がない。右手を唐十郎の下腹に差し込み、萎《な》えた一物をしなやかな指使いでしごきはじめた。

「そろそろ客がくるころだぞ」

「あと半刻（一時間）ぐらいは大丈夫。……もしお客がきても、戸に心張棒をかけておきましたから……」

「手廻しがいいな」

苦笑したものの、唐十郎の一物はもう回復していた。お喜和の指の中で隆々と屹立《きつりつ》している。それをふたたびお喜和の中に突き入れた。


朝から強い陽差しが照りつけている。

昨日まで降りつづいた雨が嘘《うそ》のように、雲ひとつない晴天である。

千坂唐十郎は台所の板敷きに胡座《こざ》し、首筋に流れる汗を手拭《てぬぐ》いで拭《ふ》きながら、炊《た》きたての飯に味噌《みそ》汁をかけてすすっていた。神田多町《たちよう》の生薬屋《きぐすりや》『橘屋《たちばな》』方の借家である。以前、この家には『橘屋』の隠居が住んでいたという。六畳の居間に四畳半の寝間、三畳ほどの勝手がついた小ぢんまりとした家である。

風はなく、家の中は息苦しいほど蒸し暑い。

味噌汁ぶっかけ飯を一気に腹に流し込むと、唐十郎は居間に入って手ばやく身支度をととのえ、家を出た。黒木綿の単衣《ひとえ》の着流し、陽差しを避けるために塗笠《ぬりがさ》をかぶり、腰に愛用の佩刀《はいとう》・左文字国弘《さもんじくにひろ》をたばさんでいる。

向かった先は馬喰町三丁目である。

どういうわけか、馬喰町界隈《かいわい》には付木《つけぎ》屋が多く、江戸の市民から「馬喰町付木」の名で親しまれていた。付木とは、杉や檜《ひのき》を薄く削った木片の一端に硫黄《いおう》を塗ったもので、火を焚《た》きつけるときに用いる現代のマッチのようなものである。

表通りから一本裏に入った横町に、間口二間ほどの小さな付木屋があった。『つけぎ』とでかでかと記した腰高障子の隙間《すきま》から、奥の板敷きで黙々と付木に硫黄を塗っている男の姿が見えた。歳は四十五、六。頭髪が薄く、庇《ひさし》のように額の突き出た、見るからに日当たりの悪そうな男である。

店の中から硫黄の臭《にお》いがぷんぷんとただよってくる。腰高障子を引き開けて、土間に足を踏み入れると、男がふっと顔を上げ、

「あ、千坂の旦那……」

黄色い歯を見せてにやりと笑った。

「精が出るな」

「貧乏暇なしでさ。どうぞ、おかけくださいまし」

男が座布団をすすめながら、小さな目をきらりと光らせて、

「仕事ですかい？」

と小声で訊いた。男の名は重蔵《じゅうぞう》。十年前まで「夜鴉小僧《よがらす》」の異名をとる名うての盗賊だったが、いまは足を洗って馬喰町三丁目で付木屋・稲葉屋《いなば》をいとなむかたわら、公事宿『大黒屋』の下座見《げざみ》（情報屋）をつとめている。

「調べてもらいたいことがある」

すすめられた座布団に腰を下ろすと、唐十郎は昨夜『大黒屋』宗兵衛から依頼された一件を手短に説明し、

「上総屋清右衛門の訴えが事実だとすると、伜の清之助は誰かにはめられたということも考えられる。そのへんのところを調べてもらいたいのだ」

「わかりやした。さっそく調べてみやす」

手に付いた硫黄をぼろ布で拭いながら、重蔵がうなずいた。

三

深川伊勢崎町は、仙台堀《せんだいぼり》の北岸に位置する繁華な町屋である。

もともとこのあたりは材木置場が多く、人家もまばらな物寂しい土地だったが、正徳《しょうとく》三年（一七一三）の火災で類焼したあと、仙台堀の川岸に広い往還が通され、それを機に町屋として急速に発展していった。現在は大小の商家や料亭、茶屋、居酒屋、小料理屋などが混在する深川屈指の繁華街になっている。

すでに陽が落ちて、ちらほらと明かりがともりはじめた裏通りを、重蔵は何かを探すような目つきで歩いていた。

ひっきりなしに人が行き交っている。煮売屋の店先で立ち呑みしている人足ふうの男もいれば、早くも赤い顔をして居酒屋の小女をからかっている職人体もいた。

裏通りの東はずれの角に、担《かつ》ぎ屋台のそば屋が出ていた。俗にいう「二八そば屋」である。重蔵はふと足を止めて屋台の陰に目をやった。初老の小柄な男がかがみ込んで煙管をくゆらしている。

「おい、そば屋」

重蔵が声をかけると、男はびっくりしたように立ち上がり、

「へ、へい」

と応えながら、煙管の火をぽんと足元に落として重蔵を見返った。

「おめえさん、いつもこの場所に屋台を出しているのかい？」

「へえ。ここで商いをするようになってから、もう五年になりやす」

「そうか」

うなずいて、重蔵は掛けそばを注文し、床几《しょうぎ》に腰を下ろした。

「おとついの晩、このあたりで神田三河町の伽羅油屋の息子が町方にしょっ引かれたそうだが、おめえさん、知ってるかい？」

「清之助さんのことでござんしょ」

そばを湯がきながら、男がいった。

「ああ」

「うちのお得意さんでしたから、よく存じておりますよ。おとついの晩も立ち寄ってくれましてね」

男の話によると、清之助はほとんど毎晩のように川岸通りの『尾花屋《おばな》』という

水茶屋に通いつめ、帰りがけにはかならずこのそば屋に立ち寄って、そばを食べてから帰途についたという。

「それから間もなくでしたよ、清之助さんが町方に捕まったと聞いたのは……」

「誰から聞いたんだ？」

「別のお客さんからです」

そば屋で話題になるほど、清之助はこの界隈で顔の知れた遊客だったらしい。

「ご禁制の阿片を持っていたそうだな？」

「あっしもびっくりしやした。まさか清之助さんが阿片に手を出していたなんて……。へい、お待ちどおさま」

男がどんぶりを差し出した。湯がいたそばにたっぷりの出汁《だし》ときざみ葱《ねぎ》をかけた掛けそばである。それをすすりながら、重蔵が上目づかいに訊いた。

「清之助をしょっ引いた町方ってのは、誰なんだい？」

「南のご番所の定町廻り《じょうまちまわ》りだと聞きやしたが、名前までは……」

知らないという。それ以上問いつめても無駄だと悟り、重蔵は一気にそばをすすり上げて、腰を上げた。

「うまかったぜ」

「ありがとう存じます」

男にそば代を払うと、重蔵は裏通りを抜けて、仙台堀の川岸通りに出た。

夕闇が宵闇に変わり、通りを彩る明かりがいっそう輝きを増している。その明かりの中に酔った足取りの人影やそぞろ歩きの人影が、絶え間なく流れている。

水茶屋『尾花屋』は、伊勢崎町の西はずれにあった。二階建て桟瓦葺《さんがわらぶ》き、間口六間ほどの大きな見世《みせ》である。重蔵はちらりと軒行灯に目をやり、ためらいもなく柿色ののれんをくぐって中に入って行った。

「いらっしゃいまし」

年増の仲居が愛想笑いを浮かべて重蔵を迎え入れ、二階の座敷に案内した。六畳に四畳半ほどの次の間がついており、なまめかしい夜具が敷きのべられてある。

ほどなく酒肴《しゅこう》の膳部《ぜんぶ》が運ばれてきて、そのあとから女が入ってきた。二十五、六のやや肥り肉の女である。

「はじめまして。おもとと申します」

物馴《な》れた感じで挨拶《あいさつ》すると、女は膳部の前につっと膝をすすめ、銚子《ちょうし》を手に取って重蔵の猪口に酒を注いだ。初見の客にもまったく臆《おく》するふうもない態度である。

「この店は長いのかい？」

猪口を口に運びながら、重蔵が訊いた。

「もうかれこれ八年になります。おあいにくさまでしたね。わたしのようなとうの立った女が付いてしまって――」

おもとと名乗った女は、そういって自嘲《じちょう》の笑みを浮かべたが、言葉ほどに自分を卑下している様子はない。むしろその笑みには開き直ったようなしたたかさが感じられた。

「ちょいと訊きてえことがあるんだが」

重蔵はすかさずふところから小粒をひとつ取り出して、おもとの手ににぎらせた。とたんに、おもとの顔がほころんだ。小粒一個は一分（一両の四分の一）である。水茶屋女への心付けとしては破格の額といっていい。

「何なりと」

「この店の常連客に清之助って男がいるはずだが」

「神田三河町の『上総屋』さんの息子さんのことですか？」

「ああ、毎晩のようにここに通いつめていたそうだな」

「ご執心《しゅうしん》の妓《こ》がいましてね」

「何て女だい？」

「お駒《こま》さん。この店の一番の売れっ妓ですよ」

「おとついの晩も一緒だったのか？」

「もちろんですとも。清之助さんはお駒さんが目当てで通っていたんですから」

「店を出たあと、町方に捕まったそうだな」

「それ、それ……、きのうから、その話でもちきりなんですよ」

好奇心をあらわにして、おもとが膝を乗り出した。

「清之助さん、紙入れに阿片を隠し持っていたんですって」

「紙入れに？」

「お客さん、知ってます？」

おもとがすくい上げるような目で重蔵を見た。

「何を」

「男の人って、阿片を吸ったあとあれをすると、とってもいいんですってね」

重蔵は思わず苦笑した。

「おれにはわからねえが、そういう話は聞いたことがある」

「きっと清之助さんも、それで阿片にはまっちまったんですよ」

「もしそうだとすると、清之助はお駒って女に満足してなかったたってことになるぜ」

「ふっふふふ」

おもとがふくみ笑いを洩《も》らしながら、

「お駒さん、まだ若いから……」

と意味ありげにいった。若いとは、年齢が若いというだけではなく、男を悦《よろこ》ばせる床技《とこわざ》が未熟だという意味であろう。だから清之助は、お駒を抱く前に阿片を吸ったのではないかと、おもとは暗にそういっているのである。もっともその言葉の裏には、店一番の売れっ妓であるお駒へのやっかみも多分に込められているようだが。

「それにしても、どうも腑《ふ》に落ちねえな」

猪口をかたむけながら、重蔵が首をひねった。

「何がですか？」

「清之助が紙入れに阿片を隠し持っているってことを、町方はいったいどうやって知ったんだ？」

「前々から目をつけられていたんじゃないですか、冬木《ふゆき》の親分さんに」

「冬木の親分？」

「このあたりを仕切っている弥平次《やへいじ》って岡っ引ですよ」

「ほう」

重蔵の目がぎらりと光った。冬木とは仙台堀の南岸にある町屋の名である。おそらく弥平次はその冬木町に住んでいるのだろう。

「清之助をしょっ引いたのは、その岡っ引か」

「ええ」

うなずいて、おもとは銚子に手を伸ばした。すでに二本の銚子が空になっていた。

「お酒のお代わり、頼みます？」

「いや、もういい」

重蔵は手を振った。それだけ聞けばもう十分である。

「またくるぜ」

といいおいて、ゆったりと腰を上げた。おもとは引き止めなかった。小粒を手渡されたときから、重蔵をただの遊客ではないと見抜いていたからである。重蔵の正体を詮索《せんさく》するふうもなく、「また何か御用があれば、いつでもどうぞ」といって重蔵を送り出した。

翌日の昼少し前、重蔵は神田多町の唐十郎の家をたずねた。

玄関わきの枝折戸《しおりど》を押して庭に足を踏み入れると、濡れ縁に座って刀を研いでいた唐十郎が顔を上げて、

「おう、重蔵……。何かわかったか?」

「へい」

重蔵はふところから手拭いを引き抜いて、額に噴き出た汗を拭いながらまぶしそうに空を見上げた。強い陽差しがじりじりと照りつけている。

「暑くなりやしたねえ」

「そこは陽が当たる。縁に上がったらどうだ」

「じゃ遠慮なく」

一礼して濡れ縁に上がり込むと、重蔵は昨夜『尾花屋』の茶屋女・おもとから聞き出した話を巨細《こさい》洩れなく報告し、最後にこう付け加えた。

「清之助が濡れ衣をかぶせられたとすると、罠《わな》を仕掛けたのは、清之助が入れ揚

げていたお駒って女かもしれやせん」

　唐十郎は無言で研ぎ上げた刀をじっと見つめている。するどく研ぎ澄まされた刀身が、照りつける陽差しを受けて青みを帯びた光を放っている。左文字国弘。反《そ》りの浅い大ぶりの太刀で、刃文は沸《に》えの少ない大乱れ、覇気《はき》に富んだ豪壮な作風の筑前《ちくぜん》物である。

「――つまり」

　刀を鞘に納めて、唐十郎がおもむろに口を開いた。

「そのお駒って女が、清之助の紙入れに阿片をひそませたってことか」

「あっしはそう見てるんですが」

「重蔵」

　唐十郎が険しい表情で向き直った。

「もし、そうだとすると、弥平次って岡っ引も一枚嚙《か》んでるはずだぜ」

「へえ」

　いわれるまでもなく、重蔵にもわかっていた。お駒と弥平次がつるんでいなければ、あの罠は成立しないのだ。

「ひょっとしたら、弥平次がお駒をそそのかしたんじゃねえかと」

「おそらくな」

うなずきながら、唐十郎は思案の目を宙にすえた。問題は弥平次のねらいである。清之助を罠にはめて、いったい弥平次にはどんな得があるのか、まずはそのへんから調べなければなるまい。

「お駒という女は、丈吉《じょうきち》に調べさせよう」

丈吉というのは、深川黒江町《くろえちょう》の船宿『舟清《ふなせい》』で猪牙舟《ちょきぶね》の船頭をしながら、唐十郎の〝裏仕事〟を手伝っている男である。

「おまえさんは引きつづき弥平次の身辺を探ってくれ」

「承知しやした」

重蔵が濡れ縁から下りようとしたとき、枝折戸がきしむ音がして、植え込みのわきから人影が現れた。『大黒屋』の宗兵衛である。

「旦那……」

「おや、重蔵さんもいらしてたんですか」

と宗兵衛は笑みを投げかけたが、唐十郎に目を向けると、すぐにその笑みを消して、

「じつは、妙な成り行きになりましてね」

困惑したように眉《まゆ》をひそめながら、濡れ縁に腰を下ろした。

「つい先ほど、『上総屋』の清右衛門さんがたずねてまいりまして、例の件はなかったことにしてもらえないかと――」

「なかったことに？」

「つまり、手前どもへの訴えを取り下げるということでございます」

「わからんな。いったいどういうことなんだ？」

唐十郎はけげんそうに訊き返した。

「くわしい事情は手前にもよくわかりませんが、昨日の夕刻、息子の清之助さんが無罪放免になったそうで」

「無罪放免！」

意外というより、驚きが先に立った。阿片所持という重大な嫌疑をかけられ、小伝馬町の牢に入れられた男が、たった二晩で無罪放免になるとは……。

「いずれにせよ、訴え人がそう申しているので、手前どもとしてはこれ以上深入りするわけにはまいりません。……ただ」

といいさして、宗兵衛は首筋に手をやった。たるんだ顎《あご》の肉に汗が溜《た》まっている。それを手の甲で払いながら、

「一つだけ気になることがございまして」

「というと？」

「ここへくる途中、思い出したのですが、先日、宿仲間の寄り合いでも同じような話が出ましてね」

いったん腰を上げかけた重蔵が、ふたたび濡れ縁にどかりと座り直し、宗兵衛の話に耳をかたむけた。

四

江戸の公事宿は、大別して旅人宿と百姓宿の二つがあり、両者を総称して「江戸宿」といった。百姓宿は八十二軒組、三十軒組、十三軒組とわかれて江戸の各所に散在しているが、旅人宿は、日本橋馬喰町に百軒ほどが集中し、三十軒ごとにそれぞれ株仲間を結成していた。

株仲間とは、商工業者が自己の権益を守るために幕府に冥加金《みようがきん》を上納し、その見返りとして公認を得た独占的な組合のことである。行事、年寄、取締りなどの役員があり、月に一度会所で寄り合いを開き、組合の運営やそれに関わる諸問題を討議した。

その寄り合いの席で、同業の嶋屋五兵衛《しまやごへえ》という男から、こんな話が出たのである。

「ちかごろの町方役人の横暴は目にあまります。ろくな調べもせずに無実の者を牢にぶち込んだり、かと思えば、明らかに罪を犯した者を二日もたたぬうちにあっさり放免してしまったり、とにかく、やることなすことが無茶苦茶で、御定法《ごじょうほう》も何もあったものではありません」

しかも、そうした事例がこの数カ月のあいだに五、六件も起きているというのだ。

「そのときは、何となく聞き流していたのですが――」

宗兵衛が苦い表情で語をつぐ。

「いま思えば、確かに妙な話でしてね。これには何か〝裏〟があるような気がしてならないのです」

「旦那……」

と重蔵が膝をすすめていった。

「じつは、あるんですよ。その〝裏〟が」

「え？」

「『上総屋』の伜・清之助は罠にはめられたんです」

「罠に？　……では、あれはやはり濡れ衣だったと？」

「重蔵が調べたことだ。まちがいあるまい。……だが」

と唐十郎は険しい表情でかぶりを振り、

「あれほど手の込んだ罠を仕掛けておきながら、たった二晩で清之助を放免にしてしまうとは、どう考えても解《げ》せぬ」

小伝馬町の牢屋敷は、未決囚を収監する現代の拘置所のようなところである。犯罪の嫌疑をかけられた者は、牢屋敷内の穿鑿所《せんさくじょ》できびしい詮議《せんぎ》を受けた上、町奉行の裁きを待たなければならない。もちろん、この時代に「保釈制度」はなく、罪が確定するまでは一歩たりとも牢から出ることはできなかった。

「『上総屋』が町奉行所に手を廻したということは考えられんのか」

唐十郎が訊くと、宗兵衛は当惑しながら、

「それが……、清右衛門さんは多くを語りたがりませんでね。とにかくあの話はなかったことにしてくれと、その一点張りで……」

唐十郎の顔に苦笑が浮かんだ。

「息子が無事にもどってくれば、それでいいというわけか」

「しかし、手前は得心がゆきません」

宗兵衛はきっぱりといった。

「これにはきっと何かからくりがあるはずです。誰かがそのからくりを暴《あば》かなければ、また同じことが繰り返されるでしょう」

「では……?」

唐十郎が見返すと、宗兵衛は深々とうなずいて、

「〝仕事〟はつづけていただきます」

と低くいった。ふだんは円満な顔をしているが、いったん腹が据わると、この男は人変わりしたように不敵な面構えになる。

「わかった」

と唐十郎がいった。

「乗りかかった船だ。存分にやらせてもらうぜ」

それから半刻後――。

柳橋《やなぎばし》の土手道を、塗笠をかぶり、着流し姿の千坂唐十郎が歩いていた。

午後の日盛りである。晴れた空から灼《や》けつくような陽差しが照りつけているが、さほどに暑さを感じないのは、神田川から川風が吹きよせてくるせいであろう。

唐十郎は、土手を下りて、川岸の船着場に足を向けた。きらきらとさざ波が立つ神田川の川面《かわも》を、猪牙舟や屋根舟、川荷船などが絶え間なく往来している。

船着場の桟橋に一挺《ちょう》の猪牙舟がもやっていた。菅笠《すげがさ》をかぶった若い船頭が舟の艫《とも》に腰を下ろして所在なげに煙管をくゆらせている。

「丈吉」

と声をかけると、船頭が振り向いて、にっと白い歯を見せた。歳のころは二十二、三。真っ黒に陽焼けした精悍《せいかん》な面立ちの若者である。

「旦那、おひさしぶりです」

煙管の火を川に落として、丈吉は桟橋に下り立った。

「商いはどうだ？」

「おかげさまで、といいたいところですが、梅雨が明けたとたんに、この暑さですからねえ。昼間はさっぱりですよ」

「小遣い稼ぎをする気はあるか」

「仕事ですかい？」

丈吉の目がきらりと光った。唐十郎は塗笠の下から油断なくあたりを見廻し、

「深川伊勢崎町の水茶屋『尾花屋』のお駒って女を知ってるか」

と声をひそめて訊いた。猪牙舟の船頭は商売柄、江戸の遊里の事情に精通している。とくに掘割や細流が網の目のように四通八達している水の街・深川は、

〽猪牙でさっさ　行くのは深川通い
上がる桟橋　アレワイサノサ
いそいそと　客の心は上の空
飛んで行きたい　アレワイサノサ
ぬしのそば

と深川節に謡《うた》われているように、深川通いの遊客のほとんどは舟を利用するので、猪牙舟の船頭はどこの見世にどんな妓《おんな》がいるのかを知悉《ちしつ》していたし、また、知らなければ商売にならないのである。ところが丈吉は『尾花屋』のお駒という女にはまったく心当たりがなかった。

「聞かねえ名だな。新参者かもしれやせんね」

首をかしげながら、その女がどうかしたんですかいと訊き返す丈吉に、唐十郎

は大黒屋から依頼された一件と、つい先ほど重蔵から聞いた話をかいつまんで説明し、お駒という女の素性を調べてもらいたい、といって小粒を二つにぎらせた。

「わかりやした。さっそく調べてみやす」

一礼するなり、丈吉はひらりと半纏《はんてん》をひるがえして舟のほうにもどって行った。

打てばひびくような男である。唐十郎が歩を踏み出したときには、もう丈吉は桟橋の杭《くい》に巻きつけた艫綱《ともづな》をほどいて、水竿《みさお》で舟を押し出していた。

神田川の河口に架かる柳橋をくぐって大川《おおかわ》（隅田川《すみだがわ》）に出る。そこで丈吉は水竿を櫓《ろ》に持ち代えた。猪牙舟はさらに速度を増して、すべるように大川を下って行った。

ほどなく前方に大きな橋が見えた。江戸三大橋の一つ、新大橋《しんおおはし》である。

新大橋をくぐると、すぐ左手に小名木川《おなぎがわ》、さらに下流には川幅二十間（約三十六メートル）の仙台堀が流れており、涼み客を乗せた屋根舟が数隻、河口付近にゆらゆらと浮いている。それらの舟を避けながら、丈吉は猪牙舟をゆっくり仙台堀に進めた。

河口に架かる上《かみ》ノ橋《はし》から、半丁（五十メートル）ほど東に下った左岸に、大きな船着場が見えた。桟橋で荷揚げをしている荷足船《にたりぶね》や押送船《おしおくりぶね》にまじって、一挺の猪牙舟が客待ちをしていた。

「長八《ちようはつ》つぁん」

丈吉が声をかけると、艫に座っていた船頭が菅笠を押し上げて顔を向けた。顔なじみの長八という船頭である。歳は二十五、六。見るからに人の好さそうな顔をしている。丈吉は長八の舟の横に猪牙舟をつけて、

「つかぬことを訊くが、おめえさん、『尾花屋』のお駒って女を知ってるかい?」

と小声で訊いた。

「ああ、見世の前で何度か見かけたことがある。勤めはじめてまだ半月とたたねえ新入りだ」

「道理で知らねえわけだ。評判はどうなんだい?」

「このあたりじゃ、めったにお目にかかれねえようなべっぴんでな。たった半月で店一番の売れっ妓になったそうだぜ」

「ほう」

それほどの美人なら『上総屋』の息子が入れ揚げるのも無理はない、と丈吉は

思った。

「いっぺん会ってみてえもんだな、その女に」

「会うのはいいが、目ン玉が飛び出るほどふんだくられるぜ」

「なに、座敷に上がらなくても見るだけでいいのさ。女の家《やさ》は知ってるかい？」

「勤めはじめたころは、見世の裏手の長屋に住んでいたそうだが、いまは万年《まんねん》町《ちょう》二丁目の借家住まいをしてるらしいぜ」

「そうかい。じゃ話の種にちょいと……」

といいおいて、丈吉はひらりと舟を下りて、小走りに去って行った。

仙台堀の北岸通りを東をさしてしばらく行くと、小さな木橋が見えた。海辺橋《うみべばし》という。その橋を渡った南詰が万年町二丁目である。通りすがりの行商人にお駒の家を訊いた。つぎの辻を右に曲がった突き当たりにあるという。

そこは小体な家が立ち並ぶ閑静な小路だった。

小路の突き当たりに低い黒文字垣《くろもじがき》をめぐらした小さな家があった。どうやらそれがお駒の住まいらしい。水茶屋勤めをはじめて、わずか半月ほどで借家住まいができるというのは、茶屋女としては異例の大出世である。よほど稼ぎがいいのだろう。

丈吉は垣根の前でふと足を止めた。若い女が庭で洗濯物を干している。歳は十八、九。化粧っ気のないまったくの素面《すっぴん》だが、色が抜けるように白く、目鼻だちがくっきりしていて、まるで錦絵《にしきえ》から抜け出たような美形である。

こんないい女を、『上総屋』の清之助は金に飽《あ》かして毎晩のように抱いていたかと思うと、妙に腹立たしい気分になった。と、そのとき、女が気配に気づいて振り向き、

「何か?」

とけげんそうな目を向けてきた。丈吉は菅笠をはずして垣根越しに会釈を送り、

「お駒さんかい?」

と訊いた。お駒は警戒するように無言でうなずいた。

「あっしは『上総屋』の若旦那の友達《だち》で、丈八《じょうはち》ってもんだが」

「清之助さんの……?」

その名を聞いて、お駒の顔からすっと警戒の色が消えた。丈吉の言葉を疑うふうもなく洗濯物の籠《かご》を足元に置いて垣根ぎわに歩み寄り、

「お役人さんに捕まったと聞きましたが、その後どうなりました?」

と心配そうに訊いた。

「きのうの夕方、ご赦免になったぜ」

「そうですか。それはよかった――」

ほっとしたように微笑を浮かべるお駒に、

「あれは罠だったんだ」

丈吉がずばりといった。罠を仕掛けた張本人がお駒であるとすれば、その狼狽《ろうばい》ぶりで判断できると考えたのだ。だが、お駒の顔にさほどの変化は見られなかった。大きな眸《め》をくるくると廻して、

「罠？　……いったい誰がそんな？」

「あっしもそれを調べてるんだが……、心当たりはねえかい」

「さあ」

と目を伏せて、お駒は思案げに沈黙したが、ややあって思い出したように顔を上げた。

「そういえば、数日前に妙な男の人が――」

『尾花屋』を出て帰途につく清之助の姿を、付近の路地角からじっと見ている不審な男がいたというのである。

「どんな男だった?」

「頰《ほお》かぶりをしていたので、顔はよくわかりませんでしたけど……、背丈は五尺七、八寸ほどのひょろっとした男の人でした」

「もう一つ訊くが、おまえさん、冬木の弥平次って岡っ引を知ってるかい?」

丈吉が畳み込むように訊いた。これもお駒の反応を見るための詰問である。

「いいえ、存じません」

「このあたりを持ち場にしてる岡っ引なんだぜ。知らねえはずはねえだろう」

「本当に知らないんです」

お駒はちょっと困った表情をみせた。だが動揺する気配はまったくない。

「半月ほど前に武州《ぶしゅう》の駒木野《こまぎの》から出てきたばかりですし、それにほとんど毎日、お店と家を行き来するだけですから、お客さん以外に知り合いは誰もいないんです」

きっぱりした口調でそういい、申しわけなさそうに頭を下げるお駒を見て、

(この女の言葉に嘘はなさそうだ)

丈吉は直観的にそう思った。

五

「丈吉じゃねえか」

　海辺橋を渡ったところで、ふいに背後からだみ声がかかった。振り返ると、人混みを縫うようにして近づいてくる初老の男がいた。稲葉屋の重蔵である。

「重蔵さん」

「おめえさんも〝仕事〟かい？」

　丈吉のかたわらにすり寄って、重蔵が小声で訊いた。

「へい。お駒って女に会ってきたところで」

「で、どんな様子だった？」

「あっしの勘ですが、あの女は白ですよ」

　丈吉は歩きながら、お駒から聞き出したことや、その話しぶり、表情、態度、言葉遣いなどを事こまかに語り、

「うわさ通り、なかなかの美形でしてね。『尾花屋』一の売れっ妓というだけに、金に困ってる様子もねえし、田舎《いなか》から出てきたばかりでスレた感じもありゃ

せんし」

どう見ても岡っ引と手を組んで悪事を働くような女ではない、といい切った。

「そうか」

重蔵の小さな目がきらりと光った。

清之助が捕まったのが『尾花屋』を出た直後だと聞いたとき、重蔵は直感的にお駒との関連を疑ったのだが、冷静に考えてみれば、わざわざお駒の手を借りなくても、清之助を捕縛したあとに、弥平次自身が清之助の紙入れに阿片を仕込めば罠は成立するのだ。

そうした「でっち上げ」の手口は、手柄功名に走る岡っ引どもがよく使う手であることも、重蔵は過去の経験から知っていた。

「どうやら、弥平次一本に的《まと》を絞ってもよさそうだな」

「調べはついたんですかい？」

と丈吉が訊いた。

「あらかたな。近ごろやけに金廻りがいいらしいぜ。常盤町《ときわちよう》に情婦《いろ》をかこってるそうだ」

「へえ。女を……」

「しかも、その女に小料理屋をやらせてるそうだ。よっぽど太い金づるをつかんだにちがいねえ」

丈吉は歩度をゆるめて、菅笠の下から重蔵を見た。

「何か手伝うことがあれば、遠慮なく申しつけておくんなさい」

「いまのところは何もねえ。これからその女の小料理屋をのぞいてみるつもりだ。千坂の旦那に会ったら、そう伝えてくれ」

「承知しやした。じゃ」

と一揖《いちゆう》して、丈吉は小走りに去って行った。

伊勢崎町と西平野町《にしひらのちょう》の境に、ほぼ直線的に南北に走る広い道がある。それを北に向かって七丁ほど行くと小名木川にぶつかり、俗に「高橋《たかばし》」と呼ばれる橋が架かっている。

その橋を渡った北詰に常盤町はあった。一丁目から三丁目まであり、物の書に、

〈揚屋《あげや》四十五軒あり、芸者も有り、此の辺引手《ひきて》茶屋多し〉

とあるように、この町も深川有数の遊里として殷盛《いんせい》をきわめていた。

あいかわらず強い陽差しが降りそそいでいる。

ゆらゆらと立ちのぼる陽炎《かげろう》の中に、ひっきりなしに行き交う人影がゆらめき、あちこちの路地から女の嬌声《きょうせい》や下卑《げび》た男の高笑い、三味《しゃみ》音曲《おんぎょく》がにぎにぎしくひびいてくる。

重蔵は常盤町二丁目の路地に足を踏み入れた。その路地の中ほどに弥平次の情婦がやっている小料理屋がある。情婦の名はお滝《たき》、店の屋号が『侘助《わびすけ》』であることも、すでに調べがついている。

『侘助』はすぐに見つかった。間口二間ほどの小粋な店である。

紫紺ののれんをくぐって店に入った。中に二組の客がいた。一組は出商《であきな》いふうの小商人がふたり、戸口近くの席で酒を酌み交わしている。もう一組は奥の衝立《ついたて》の陰の席にいた。人相風体はわからないが、二人連れのようだ。

重蔵が一隅の席に腰を下ろすと、板場から年増盛りの女が出てきた。女将のお滝である。歳のころは二十六、七。ひと目で玄人筋《くろうと》とわかる、男好きのする顔だちをした女である。重蔵は冷や酒を一本頼んだ。ほどなく、

「お待ちどおさま」

お滝が盆に徳利と猪口、突き出しの小鉢を載せて運んできた。重蔵はそれを手酌でちびちびやりながら、衝立の陰の気配をうかがった。徳利一本の冷や酒を呑

み干したときである。ふいに衝立の陰から二人の男が立ち上がった。

一人は三十なかばと見える、ずんぐりした体つきの男――岡っ引の弥平次だった。もう一人は二十代後半の、身の丈五尺七、八寸のひょろりとした男である。

その男の姿を見たとたん、重蔵の脳裏にひらめくものがあった。

（お駒が見たという〝不審な男〟は、あいつかもしれねえ）

男は弥平次に頭を下げて、そそくさと店を出て行った。男のあとを尾《つ》けるか、このまま弥平次の動きを探るか、重蔵は一瞬迷ったが、意を決して腰を上げ、卓の上に酒代を置いて何食わぬ顔で店を出た。

表に出るなり、重蔵は脱兎の勢いで走り出した。表通りに飛び出すと、すぐさま視線をめぐらして男の姿を追った。長身の男だから雑踏の中でも目立つはずなのだが、一渡り見廻してもそれらしい男の姿は見当たらなかった。

「ちっ」

と重蔵は忌《い》ま忌ましげに舌打ちをした。もういっぺん『侘助』に引き返そうかとも思ったが、怪しまれるといけないので、この日の探索は切り上げることにした。

岡っ引の弥平次は『侘助』を出て、深川西町《にしまち》に向かっていた。

小名木川の東はずれに、直角に交差して流れる川がある。万治《まんじ》二年（一六五九）、本所奉行《ほんじょ》が開鑿《かいさく》した延長二千四百四十一間（約四・四キロ）の運河で、中之郷八軒町《のごうはつけんちょう》から南へ一直線に流れ、本所・深川を貫流して、木場二十間川《きばにじっけん》に達している。

本所を東西に縦に流れる「竪川《たてかわ》」に対して、この川は南北に横に流れているので「横川《よこかわ》」と俚称《りしょう》されていた。その横川の西岸に細長く延びる町屋が西町である。

町の南角に『相模屋《さがみ》』の木彫り看板をかかげた豪壮な店構えの材木問屋があった。店の北側の板塀《いたべい》には数十本の丸太や角材が立てかけてある。そのわきの広場には井桁《いげた》積みにされた板材の山が点在し、数人の人足たちが汗まみれで立ち働いている。

紺地に白く『相模屋』の屋号を染め抜いた大のれんを割って、弥平次は店の中に入って行った。帳場格子の中で十露盤《そろばん》をはじいていた大番頭の利兵衛《りへえ》が弥平次を見て、

「あ、冬木の親分さん、いらっしゃいまし」

と揉み手せんばかりに腰を上げた。

「西尾《にしお》の旦那はきてるかい？」

「はい。どうぞこちらへ」

利兵衛は土間の奥の通路へ、弥平次を案内した。その通路を抜けると広い庭に出る。手入れの行き届いた植木や奇岩巨石、石灯籠《いしどうろう》などが配された見事な庭である。

庭の奥に竹林《ちくりん》に囲まれた離れがあった。数寄屋《すきや》造りの瀟洒《しょうしゃ》な離れである。

利兵衛は玄関の前で足を止めて弥平次をうながすと、一礼して立ち去った。弥平次は雪駄《せった》を脱いで廊下に上がり、

「失礼しやす」

と奥の襖《ふすま》を引き開けて中に入った。八畳ほどの畳部屋である。縁側の障子はすべて開け放たれ、庭に生い茂る竹林が部屋の中に涼しげな影を落としている。

二人の男が酒肴の膳部をかこんで談笑していた。四十年配の目つきのするどい武士は、南町奉行所定町廻り同心の西尾半蔵《はんぞう》。もう一人の三十四、五の色白のやさ男は『相模屋』のあるじ・鴻之助《こうのすけ》である。

「あっしに何か御用で？」

膳部の前に膝を進めながら、弥平次はちらりと西尾の顔を見た。

「その前に、これを渡しておこう」

西尾はふところから五両の金子を取り出して、弥平次の膝前に置いた。

「先日の分け前だ」

「遠慮なくちょうだいいたしやす」

と五枚の小判をわしづかみにしてふところにねじ込むと、弥平次はあらためて西尾に向き直り、小ずるそうな笑みを浮かべながらいった。

「近々、いい鴨《かも》が引っかかりそうなんで、その節はまたよろしくお願いいたしやす」

「うむ」

「親分さんも、お一つどうぞ」

鴻之助が酌をする。弥平次は注がれた酒をうまそうに呑み干した。しばらく酒の献酬《けんしゅう》がつづいたあと、西尾が呑み干した盃をことりと膳の上に置いて、

「そろそろ本題に入るとしよう。相模屋、そのほうから話してやれ」

「はい」

とうなずいて、鴻之助は居住まいを正し、深刻な面持ちでいった。

「じつは、ひと月ほど前に佐太郎《さたろう》が島抜けをしたそうで」

「佐太郎が！」

弥平次は思わず瞠目《どうもく》した。鴻之助の言葉を受けて、西尾が険しい顔でいう。

「江戸に入ったという確かな証《あかし》はまだないが、早晩舞いもどってくるに相違ない。そのこと肝《きも》に銘《めい》じておいてもらいたいのだ」

「わかりやした」

ギラッと猟犬のように目を光らせて、弥平次がうなずいた。

「さっそく下っ引どもにその旨《むね》伝えておきやしょう」

第二章　島抜け

一

掘割の暗い水面《みなも》に、色とりどりの明かりが耀映《ようえい》している。

富《とみ》ケ岡八幡宮《おかはちまんぐう》の一の鳥居の西側にある黒江町の掘割通りである。深川最大の歓楽街・門前仲町《もんぜんなかちょう》に近いせいか、この町にも酒色を商《あきな》う大小の店が三十軒ほど軒《のき》をつらねており、盛り場特有の猥雑《わいざつ》な活気を呈していた。

風もなく、蒸し暑い夜である。

表戸を盛大に開け放ち、店の奥まで丸見えの状態で商いをしている居酒屋もあれば、店先に縁台や床几《しょうぎ》を出して、外で客に酒を呑《の》ませている煮売屋もあった。

通りの西はずれに『布袋屋《ほてい》』の提灯《ちょうちん》をかかげた、間口四間ほどのひときわ大きな居酒屋があった。この店の表障子戸もすべて開け放たれ、中からおびただしい明かりとともに客たちの声高な笑い声や、話し声が潮騒《しおさい》のように洩《も》れてくる。

『布袋屋』の戸口の席で男がひとり黙然と猪口《ちょこ》をかたむけていた。先日、常盤町の小料理屋『侘助』で岡っ引の弥平次と酒を酌み交わしていた、ひょろりとした男である。

伸び放題の月代《さかやき》、薄い眉《まゆ》、狐《きつね》のように細い目、鉤鼻《かぎばな》——見るからに剣呑《けんのん》な面構えをしたこの男は、深川を根城にしている破落戸《ごろつき》で、亥之吉《いのきち》という。

手酌で黙々と呑みながら、店の前を行き来する人影をぼんやり見ていた亥之吉の目が、ふいにきらりと光った。目の前を、茶の紹羽織《ろばおり》をまとった商家の若旦那《だんな》ふうの男が通り過ぎたのである。

男は京橋《きょうばし》の瀬戸物問屋『鳴海屋《なるみ》』の息子・徳太郎《とくたろう》だった。この界隈《かいわい》では遊び慣れた若旦那として知られている。亥之吉は卓の上に酒代を置くと、すばやく『布袋屋』を出て、徳太郎のあとを尾《つ》けはじめた。

ほろ酔い機嫌の徳太郎は、尾行の気配に気づく様子もなく、のんびりした足取りで路地を抜けて、門前仲町に通じる広い通りに出た。通称「馬場通り」。慶安《けいあん》五年（一六五二）に、ここで流鏑馬《やぶさめ》が行われたところからその名がついたという。

徳太郎は馬場通りを右に曲がり、黒江川に架かる八幡橋《やわたばし》を渡って行った。

深川は橋の多さでも江戸随一である。黒江川の先にはさらに油堀《あぶらぼり》が流れており、ここにも橋が架かっていた。橋の名は福島橋《ふくしまばし》。幅二間（約三・六メートル）、長さ七間（約十二・六メートル）の木橋である。

福島橋を渡って西へ二丁ばかり行くと、しだいに往来の人影もまばらになり、やがて四辺は物寂しい静寂につつまれはじめた。そのときである。亥之吉がふいに足を速めて徳太郎の背後に追いすがった。ほとんど小走りの速さである。

足音に気づいて徳太郎が振り返ろうとした瞬間、猛然と走ってきた亥之吉がすれちがいざまに、いきなり徳太郎の右肩に強烈な体当たりを食らわせた。

「あっ」

と小さく叫んで、徳太郎はよろめいた。

「何しやがるんでえ！」

怒声を張り上げたのは、亥之吉のほうだった。あやうく転倒しそうになった徳太郎は、たたらを踏みながらもかろうじて体勢を立て直し、

「それはこっちの台詞《せりふ》だ！　ぶつかってきたのはおまえさんのほうじゃないか！　どこを見て歩いてるんだい！」

振り向くなり、大声で怒鳴り返した。

「何だとォ！」

細い目を吊り上げて、亥之吉は凄《すご》んでみせた。

「てめえ、誰に向かってそんな口をきいてやがるんだ」

「喧嘩《けんか》を売るつもりなら、買ってやろうじゃないか！」

酔った勢いで、徳太郎も鼻息が荒い。ぐいと腕まくりして身構えた。

「ほざくんじゃねえ！」

先に手を出したのは亥之吉だった。徳太郎は突き出された拳《こぶし》を間一髪かわすと、亥之吉の胸ぐらをつかんで力まかせに押し倒した。二人は組み合ったまま地面に転がった。

「畜生ッ！」

「この野郎！」

取っ組み合いの喧嘩である。互いに上になり、下になりながら激しく殴り合う。亥之吉は目尻から血を流し、徳太郎は鼻血を噴き出して顔面を朱《あけ》に染めている。

通りかかった男が仰天して走り去った。それからほどなくして、福島橋のほうから二つの影が疾走してきた。

「おい、やめろ、やめろ！」

わめきながら駆けつけてきたのは、岡っ引の弥平次だった。そのうしろから走ってくるのは、南町の定町廻り《じょうまちまわ》同心・西尾半蔵である。

「二人ともやめねえか！」

弥平次が鉄の素十手《すじって》を引き抜いて、二人を引き離した。弥平次の背後に立っている西尾を見て、さすがに徳太郎も亥之吉も顔をこわばらせ、肩で大きく息をつきながら、よろよろと立ち上がった。

「先に喧嘩を売ったのはどっちだい？」

二人をじろりと見て、弥平次がいった。

「いいがかりをつけてきたのは、この男です」

徳太郎が神妙な面持ちでそういうと、すかさず亥之吉が、

「冗談じゃねえ。こいつがいきなりあっしにぶつかってきやがったんで」

といい返した。そのさまを冷やかに見ていた西尾がふと二人の足元に目をやり、かがみ込んで何かを拾い上げた。抜き身の匕首《あいくち》である。近くに鞘《さや》も転がっている。徳太郎は知るよしもなかったが、その匕首は亥之吉が一瞬の隙《すき》を見て、地面に捨てた物だった。

「この匕首は……？」

西尾がするどい目で二人の顔を見やった。

「あっしのじゃありやせん」

言下に応えたのは、亥之吉である。徳太郎もあわてて首を振った。

「い、いいえ、わたしの物でもありません！」

「おまえの名は？」

「徳太郎と申します」

「じゃ、これはおまえの持ち物だ」

突き刺すようにいって、西尾は匕首の柄《え》のほうを徳太郎に差し出した。白木の柄に「丸に徳」の字の焼き印がくっきりと浮かんでいる。徳太郎の顔が引きつった。

「し、知りません。わたしは匕首なんて持ったことがありません。わたしの物じゃありませんよ、それは！」

「申し開きがあるなら、番屋でゆっくり聞こう」

蛇のように冷酷な目で一瞥《いちべつ》をくれると、かたわらに立っている弥平次に、こやつを連れて行けと下知《げぢ》して、西尾はゆっくり背を返した。

京橋の瀬戸物問屋『鳴海屋』に、徳太郎が喧嘩沙汰《ざた》で捕縛され、小伝馬町の牢《ろう》に入れられたとの報が入ったのは、翌朝の四ツ（午前十時）ごろだった。

知らせにきたのは、近所の町役人《ちょうやくにん》の老人である。

「倅《せがれ》がご牢に……！」

腰を抜かさんばかりに驚いたあるじの藤兵衛《とうべえ》は、すぐに番頭の市助《いちすけ》を連れて日本橋小伝馬町に向かった。

小伝馬町の牢屋敷の敷地は二千六百七十七坪で、ほぼ真四角の地形をしている。三方を土手に囲まれ、周囲には高さ七尺八寸の練塀《ねりべい》と堀がめぐらしてあり、練塀の上には脱走防止用の忍び返しの鬣《たてがみ》が牙《きば》のように天空を向いている。

この牢に新規に入れられた者は、牢屋内の古参の囚人――俗にいう牢名主や役囚人に〝ツル〟と呼ばれる隠し金を渡さなければならない、という暗黙の掟《おきて》があった。

ツルとは「命の蔓《つる》」という意味の隠語であり、相場は十両ぐらいだった。新規入牢者はその十両を着物の襟《えり》や帯に縫い込んで牢内に持ち込んだという。

ツルを所持していない者は、キメ板と呼ばれる長さ二尺五寸、幅三寸の桐板《きりいた》で手ひどく叩《たた》きのめされたあげく、裸でしばられたまま一晩じゅう獄房の落間《おちま》（土間）に引き据えられ、夜中に雪隠《せっちん》に行く囚人たちに水をかけられるのである。牢内ではこれを「地獄入りの儀式」と呼んでいた。こうした折檻《せっかん》が数日もつづくと、どんなに頑健な者でも体力を失って熱病にかかり、中には死んでしまう者もいたという。

息子の徳太郎が牢に入れられたと聞いた瞬間、藤兵衛が何よりも案じたのは、ツルのことだった。昨夜、徳太郎が家を出るときに所持していた金子《きんす》は四、五両である。ツルの相場には五両ほど足りない。その五両を何としても牢内の徳太郎に届けなければと、藤兵衛は急ぎ小伝馬町に向かったのである。

入牢者に差し入れすることを、俗に「牢見舞い」といったが、牢内の用語ではこれを「届物《とどけもの》」と称していた。罪を犯して牢に入れられた者を〝見舞う〟というのはいかにも不謹慎だ、という理由からである。

届物（差し入れ）には一定の手続きが必要で、まず牢屋役人に願書《ねがいがき》を出して押切印《おしきりいん》（割印）を押してもらわなければならない。この押切印を押したものを許状《ゆるしじょう》といい、届物に添えて役所に差し出すことになっているのだが、牢屋敷の門前にはそうした手続きを代行する「差し入れ屋」が五、六軒あった。

「旦那さま、あの店にいたしましょうか」

と番頭の市助が指をさしたのは、牢屋敷の表門の真正面にある大きな「差し入れ屋」だった。浅葱色《あさぎいろ》の大のれんに『巴屋《ともえ》』の屋号が白く染め抜いてある。二人がのれんをくぐって中に入ると、店の奥から押し出しのよい四十がらみの男が出てきて、

「どうぞ、お掛けくださいまし」

と愛想笑いを浮かべながら、二人を土間の奥の床几にうながした。『巴屋』のあるじ茂兵衛《もへえ》である。「差し入れ屋」は幕府の正式な認可を受けた店ではなく、牢屋敷の役人との癒着《ゆちゃく》によって成り立っている、いわば〝裏商い〟だけに、あるじの茂兵衛も隙のないしたたかな面構えをしている。

「届物の御用でございますか?」

「ええ」

藤兵衛はこわばった表情でうなずき、昨夜、息子の徳太郎が喧嘩沙汰で捕縛され、ツルを持たないまま牢に入れられたことを告げた。

「つまり、ご牢内の息子さんにツルを差し入れたいと申されるのですね」

「はい」

「承知いたしました」

届物（差し入れ）には許される物と許されない物があった。衣類や帯、下帯、布団などは差しつかえないが、寝間着、枕、蚊帳《かや》などは許されない。糸や針、半紙、元結《もとゆい》、手拭《てぬぐ》いなどの日用品や食べ物にはとくに制限がなかった。そうした牢内の規則やしきたりを一通り説明したあと、

「金子の差し入れには、苗字飯《みようじはん》がよろしいかと存じますが」

と茂兵衛がいった。苗字飯とは差し入れ用の飯のことである。ただし、ただの飯は許されなかった。ただの飯なら牢内でくれるので差し入れの必要がないからである。

苗字飯は、赤飯（小豆飯《あずきめし》）や茶飯、菜飯《さいめし》、海苔飯《のりめし》にかぎられていた。『巴屋』はそれらの飯を弁当箱に詰めこみ、その中に金子（ツル）を埋め込んで届けてくれるのである。

差し入れの手数料は二両、そのほかに牢屋同心への賄賂《まいない》が一両、張番と呼ばれる囚人担当の牢役人への心付けが二分、それに差し入れ金（ツル）の五両を加えると、〆めて八両二分になる。

「それでよろしゅうございますか？」

「結構でございますとも」

ふところから紙入れを取り出して、藤兵衛が金を払おうとすると、茂兵衛は何やら意をふくんだ面持ちで、

「息子さんは刃物沙汰で牢送りになったと申されましたね?」

と念を押すように訊《き》いた。

「町役人からはそう聞いております。しかし、伜がなぜ匕首などを持っていたのか手前にはとんと合点がゆきません。きっと何かのまちがいではないかと——」

「お気の毒ですが」

茂兵衛は眉宇《びう》を寄せて、ことさらに沈痛な表情を作ってみせた。

「事情はどうあれ、刃物を振り廻して喧嘩沙汰におよんだとなりますと、過怠牢《かたいろう》は免れんでしょうな」

「過怠牢ですって!」

藤兵衛の顔から血の気が失せた。

前述したように、小伝馬町の牢は原則として未決囚を収監する拘置所のようなところだが、例外的に刑罰を目的とする「過怠牢」という禁固刑もあった。刃物を使った喧嘩沙汰の事犯では、三年の過怠牢を申し渡された例もある。

「じつは、ここだけの話ですが」

急に声をひそめて、茂兵衛が膝《ひざ》を乗り出した。

「息子さんを救い出す方策が一つだけあるのです」

「方策？　……と申しますと？」

「仔細《しさい》は申し上げられませんが、ある手づるを使えば、すぐにでも息子さんをご赦免《しゃめん》にすることができるのです」

「そ、それはまことですか」

「ただし、少々費用がかかりますが」

「息子が無事に牢を出られるのでしたら、金には換えられません。いかほどでございましょうか」

「手前どもの斡旋《あっせん》料込みで、五十両」

「わかりました。すぐ店にもどって番頭に届けさせますので、よろしくお願いいたします」

藤兵衛は丁重に頭を下げ、番頭の市助をうながしてそそくさと店を出て行った。二人のうしろ姿をにんまり笑って見送ると、茂兵衛は背を返して奥に立ち去り、客間の襖《ふすま》を引き開けて中に入った。武士が脇息《きょうそく》にもたれて茶を飲んでいる。

「さっそく来たか」

と振り向いたのは、南町の定町廻り同心・西尾半蔵だった。

「筋書きどおりでございますよ」

茂兵衛は追従《ついしょう》笑いを浮かべながら、西尾の前に腰を下ろし、

「おかげで商売繁盛です。もしお急ぎでしたら、西尾さまの取り分は手前どもが前払いいたしますが」

「ああ、そうしてもらえれば助かる」

「少々お待ちくださいまし」

立ち上がって、床《とこ》の間の手文庫から小判を三十五枚取り出すと、料紙につつんで西尾の前に差し出した。どうやら茂兵衛の口利《き》き料は三分、西尾の取り分は七分と決められているらしい。西尾は金包みをわしづかみにして無造作にふところに仕舞い込み、茂兵衛に送られて裏口からこっそりと出て行った。

二

「『鳴海屋』の伜が……?」

呑みかけた猪口を途中で止めて、千坂唐十郎はいぶかるような目で重蔵を見返した。

神田多町の借家の近くの一膳《いちぜん》飯屋の中である。夕食をとるために家を出ようとしたところ、玄関の前で重蔵とばったり鉢合わせし、ついでに酒でも否もうということになったのである。

「ゆんべ深川の富吉町《とみよしちょう》のあたりで喧嘩沙汰を起こしやしてね。町方に捕まって小伝馬町の牢にぶち込まれたんですが、つい先ほど解き放ちになったそうで」

と重蔵はいった。『大黒屋』の下座見《げざみ》をつとめているだけに、さすがに情報が早い。しかも、徳太郎の喧嘩の相手が、深川を根城にしている亥之吉という破落戸であることも、重蔵はすでにつかんでいた。

「で、その亥之吉って男はどうなったんだ？」

「それが妙なことに、捕まったのは徳太郎だけだそうです」

「亥之吉は逃げたのか？」

「さァ、そこまではちょっと……」

首をかしげながら、重蔵は小さな目をぎらつかせて語をついだ。

「いずれにしても、たった一晩で放免になっちまうなんて腑《ふ》に落ちやせん」

「『武蔵屋』の清之助が捕まったときと、まったく同じ筋運びだな」

「ひょっとしたら、徳太郎も亥之吉って野郎にはめられたのかもしれやせんぜ」

その亥之吉が、深川常盤町の小料理屋『侘助』で見かけた背の高い男であることを、重蔵はまだ知らなかった。聞き込みで得た情報をもとに、これから亥之吉の素性を調べるつもりだったのである。

「よし」

とうなずいて、唐十郎は呑み干した猪口を卓の上に置いた。

「亥之吉って男を絞り上げてみるか」

「けど、そいつの居所がまだ……」

「破落戸仲間に聞けばわかるだろう。善は急げだ。飯を食ったら深川に行ってみよう」

「へい」

二人は酒を切り上げて飯と煮魚を注文し、あわただしく腹ごしらえをすると、一膳飯屋を出て深川に足を向けた。

永代橋《えいたいばし》を渡って東詰を右に曲がり、相川町《あいかわちょう》の南はずれを左に折れてしばらく行くと、富吉町に出る。昨夜、徳太郎が亥之吉に喧嘩を売られた場所である。

「おそらく、このあたりだと思いやすがね」

歩きながら、重蔵がいった。唐十郎は無言で四辺を見渡した。明かりも、人通りもまばらな物寂しい道である。もう少し先に行ってみよう、と重蔵をうながして唐十郎は足を速めた。油堀に架かる福島橋を渡り、馬場通りにさしかかると急に往来の人影が増えて、前方の闇《やみ》ににぎやかな明かりが見えはじめた。

「あいつらに当たってみやしょうか」

路地角にたむろしている与太者ふうの三人の男を見て、重蔵がいった。唐十郎がうなずくと、重蔵は小走りに男たちのところへ行き、二《ふた》こと三《み》こと言葉を交わして、すぐに駆けもどってきた。

「どうだった？」

「口をそろえて知らねえといっておりやす」

「警戒されたのかな」

「さァ、どうですかねえ」

「黒江町に行ってみるか」

といって、今度は唐十郎が先に立って歩きはじめた。二人は黒江川に架かる八幡橋を渡り、すぐ左手の細い路地を抜けて、黒江町の掘割通りに出た。『鳴海屋』

の徳太郎が足しげく通いつめていた盛り場である。そこでも二、三人の男たちに訊いてみたが、返ってきた答えは、まるで申し合わせたように知らぬ存ぜぬの一点張りだった。

「どいつもこいつも口が固《かて》えや」

苦々しげに重蔵がいった。

「ま、いいだろう。餌撒《えま》きはこれで十分だ。引き上げるぜ」

「餌撒き？」

と重蔵はけげんそうに訊き返したが、唐十郎は何もいわずに足早に歩き出していた。あとにつきながら、重蔵はしきりに首をひねって〝餌撒き〟という言葉の意味を考えた。

その謎が解けたのは、黒江町の盛り場の雑踏を通り抜けて、永代寺門前の裏通りに出たときだった。突然、行く手に三つの黒影が立ちはだかったのである。気がつくと、いつの間にか背後にも三人の男が立っていた。いずれも凶悍《きょうかん》な面構えをしたやくざふうの男たちで、手に手に長脇差《ながどす》や匕首、手鉤《てかぎ》、鳶口《とびぐち》などの得物を持っている。

「なるほど、そういうことだったんですかい」

唐十郎のかたわらにすり寄って、重蔵が小声でいった。唐十郎は無言。両手をだらりと下げて仁王立ちしたまま、前方の人影をじっと見据えている。

「おめえさんたち、あっしを捜してるようだが……」

長身の男がずいと歩み出て、剣呑な目つきで二人を誰何《すいか》した。亥之吉である。このときはじめて、重蔵は常盤町の小料理屋『侘助』で見た男が亥之吉であることを知った。

「おまえが亥之吉か」

唐十郎が問いかけると、亥之吉は薄い唇の端に不敵な笑みをにじませて見返した。

「あっしに何か用かい？」

「『鳴海屋』の息子に喧嘩を売ったのは、おまえだな？」

「……！」

亥之吉の顔からすっと笑みが消えた。

「誰の差し金だ？」

一瞬の沈黙のあと、亥之吉は細い目をキッと吊り上げて、恫喝《どうかつ》するようにいった。

「余計な詮索《せんさく》はしねえほうが身のためだぜ」

「聞かれたことに素直に応えろ」

「何だとォ！」

亥之吉が目を剝《む》いた。

「さもないと、貴様のほうこそ痛い目にあうぞ」

「ぬかすんじゃねえ！」

吼《ほ》えると同時に、男たちがいっせいに地を蹴《け》って襲いかかってきた。

唐十郎の頭上に長脇差が振り下ろされた。抜く手もみせずそれをはね上げると、唐十郎は手首を返して袈裟《けさ》がけに斬《き》り下ろした。わっと悲鳴を上げて男が地面に転がった。右腕が肩口から切断されていた。

重蔵も匕首を引き抜いて闘っている。唐十郎はすぐさまうしろに跳んで、重蔵に斬りかかろうとした男を拝み打ちに斬り伏せた。頭蓋《ずがい》が割れて白い脳漿《のうしょう》が飛び散った。

唐十郎の剛剣に度肝《どぎも》を抜かれ、二人の男が身をひるがえして一目散に逃げ去った。残るのは亥之吉と牛のように図体《ずうたい》の大きな男二人だけである。

「死にやがれ！」

亥之吉が必死の形相で重蔵に斬りかかっていった。図体の大きな男は、長脇差を振り廻しながら、唐十郎に迫っていった。ぶん、と刃唸《うな》りがして刀刃《とうじん》がよぎった。それを見切って横に跳ぶなり、唐十郎はすかさず刀を逆手《さかて》に持ち替え、横薙《な》ぎに男の胴を払った。

ざくっと音がして、男の太鼓腹《たいこばら》が割れた。まるで醬油樽《しょうゆだる》を断ち割ったかのように、裂けた男の腹から音を立てて血が噴き出した。凄まじい量の血である。血にまじって白いはらわたも飛び出した。これもおびただしい量である。

男はまだ死んでいなかった。棒立ちになったまま、無意識に飛び出したはらわたを両手でたぐり上げ、腹の裂け目に押し込んでいる。

「あ！」

と背後で重蔵の叫びが上がった。すぐさま翻転《ほんてん》して振り返った。転倒した重蔵に亥之吉が長脇差を叩きつけようとしている。間一髪、唐十郎は地を蹴って、亥之吉の背中に刀刃を叩きつけた。着物がはらりと左右に裂けて、むき出しになった亥之吉の背中に赤い筋が走った。めくれた肉の奥に白い背骨が見えた。

「わーッ！」

断末魔の悲鳴とともに、亥之吉は仰向けに転がった。

る。

「へい」

と応えて、重蔵が立ち上がった。右肩の着物がわずかに裂けて血がにじんでい
「大丈夫か、重蔵」

「大事な証人を死なせちまいやしたね」

亥之吉の死骸《しがい》を見下ろしながら、重蔵は申しわけなさそうに頭を下げた。

「仕方あるまい。おまえの命には換えられんからな」

「けど、旦那、これで一つだけはっきりしやしたよ。こいつは弥平次の差し金で動いていたにちがいありやせん。常盤町の小料理屋で二人が一緒にいるところを、あっしはこの目でしかと見やしたんで」

「そうか。……人目につくとまずい。行こう」

刀の血ぶりをして鞘に納めると、唐十郎はあごをしゃくって重蔵をうながし、足早にその場を立ち去った。

岡っ引の弥平次が現場に駆けつけてきたのはそれから四半刻（三十分）後だった。逃げ去った二人の男から知らせを受けて飛んできたのである。

「なんてこった！」

血の海と化した路上に、四人の無惨な斬殺《ざんさつ》死体が累々《るいるい》と転がっている。

弥平次は言葉を失ったまましばらく立ちつくしていたが、やがて気を取り直すように二人の男を振り返って、

「下手人は浪人者と小商いふうの男だといったな？」

「へい。見ての通りの暗がりなので、人相はよくわかりやせんでしたが……、二人ともめっぽう腕の立つ男で……」

一人がとぎれとぎれ応えた。まだ恐怖から覚めやらぬのだろう。顔面は蒼白《そうはく》で、声も震えている。

「──いったい何者なんだ？」

闇の奥にするどい目を据えながら、弥平次はうめくようにつぶやいた。

三

永代橋の西詰で重蔵と別れ、唐十郎は帰路についた。

白い月にぼんやりと暈《かさ》がかかり、湿気をふくんだ夜気がどろんと淀《よど》んでいる。

まったくの無風。あいかわらず蒸し暑い夜である。

家に着いたのは、日本橋石町《こくちょう》の時の鐘が、ちょうど五ツ（午後八時）を告げはじめたときだった。玄関に入ろうとしたところで、唐十郎はふと足を止めて、庭のほうに不審な目をやった。居間の障子にほんのりと明かりがにじんでいる。

（誰かいる）

唐十郎の手が刀の柄《つか》にかかった。用心深く玄関の戸を引き開けて中に入り、足音を消して廊下に上がった。廊下の奥から明かりが洩れてくる。人の気配が感じられた。

居間に向かってゆっくり歩を進めたときである。

「帰ってきたんですか、旦那」

ふいに居間から屈託のない女の声が飛んできた。唐十郎はホッとしたような顔で中に入った。行灯《あんどん》のそばに黒襟《くろえり》の黄八丈《きはちじょう》を着た若い女が座って茶碗《ちゃわん》酒を呑んでいる。

「お仙《せん》か」

女が顔を上げてにっこり微笑《わら》った。丈吉の妹のお仙である。以前は〝洲走《すばし》りのお仙〟の異名を取る腕利きの女巾着切り《きんちゃくきり》（掏摸《すり》）だったが、ひょんなことから唐十郎と知り合い、掏摸稼業から足を洗って兄の丈吉とともに唐十郎の〝裏仕事〟を手伝うようになったのである。歳は十八。一見勝気そうな顔をしているが、目は大きく、鼻筋が通り、濡《ぬ》れたように艶《つや》をおびた唇は十八とは思えぬ色気をただよわせている。

「勝手にやらせてもらってますよ」

そういって、お仙は茶碗をかざしてみせた。台所から一升徳利を持ってきて勝手に一杯やっていたのだ。すでに目元がほんのりと桜色に染まっている。苦笑しながら、唐十郎も湯飲みを持ってきて、お仙の前にどかりと腰を下ろした。

「おれにも注いでくれ」

「はい、はい」

と二つ返事で唐十郎のかたわらににじり寄ると、お仙はぎこちない手つきで湯飲みに酒を注ぎながら、「旦那、ずいぶんじゃありませんか」と甘えるようにいった。

「何のことだ?」

「兄さんから聞きましたよ。〝仕事〟が入ったって」

「なんだ。そんなことか」

「一言、あたしにも声をかけてくれればいいのに……」

「心配するな。そのうちおまえの出番も廻ってくるさ」

「ねえ、旦那《だんな》」

お仙が媚《こ》びるような目で唐十郎を見た。

「一つだけ、頼みがあるんですけど」

「頼み？」

「お金を貸してもらえません？　一両ばかり」

「何に使うんだ」

「あたしが住んでる長屋に、おるいさんという仲のいい友だちがいましてね」

お仙の話によると、そのおるいの長屋に三日ほど前、見慣れぬ男が転がり込んできたそうである。お仙は一度だけ長屋の戸口でちらりとその男を見かけたことがあるが、それ以来、男は部屋に引き込もったまま、二度と姿を現すことはなかった。何やら事情《わけ》ありの男らしい、と不審に思っていたところへ、おるいがたずねてきて、

「お仙さんにこんなお願いをするのは心苦しいんですけど、家移《やうつ》りをしたいので、お金を少し貸してもらえないかしら」

と切羽つまった感じで頼み込まれたという。

友だちといっても、おるいは二つ年上の二十歳《はたち》である。一年ほど前のことになるが、お仙が流行《はや》り風邪《かぜ》で高熱を出して寝込んだとき、同じ長屋に住むおるいに二日二晩、寝ずの看病を受けたことがあった。

「実の姉のように心根のやさしい人で、あたしが心を許せるたった一人の友だちなんですよ、おるいさんて」

「男が転がり込んでくるまで、おるいはひとり暮らしをしていたのか？」

「ええ、日本橋北鞘町の両替屋さんで下働きをしながら、ひとりで暮らしてました」

「つまり、その男と一緒に暮らすために家移りをしたいというのだな」

「くわしいことはよくわかりませんけど、長屋に一緒に住むのは気づまりなんじゃないですか」

「わかった」

呑みかけの湯飲みを盆にもどすと、唐十郎はふところから小判を一枚取り出して、ぽんとお仙の膝元に投げ出した。

「〝仕事料〟の前払いだ。遠慮なくとっておけ」

「ありがとう！」

お仙はいきなり唐十郎に抱きついた。天真爛漫《てんしんらんまん》というか、無邪気というか、まるで小犬がじゃれつくような様である。はずみで二人は折り重なるように畳の上に転がった。

「お、おい。何をするんだ」

「お礼にいいことしてあげる」

いうなり、お仙は唐十郎の上におおいかぶさり、むさぼるように口を吸った。

「――お仙」

「旦那はじっとしていて」

耳元でささやくようにいうと、お仙は唐十郎の襟元をぐいと押し広げ、褐色《かつしよく》の分厚い胸板に唇を這《は》わせた。乳首のあたりを舐《な》めまわしながら、右手を唐十郎の股間《こかん》に差し込み、下帯の上から一物をにぎってやさしくこすりはじめた。たちまち屹立《きつりつ》する。

唐十郎は目を閉じて、なすがまま大の字に仰臥《ぎようが》している。お仙がむっくり上体を起こして、唐十郎の帯を解きはじめた。着物の前がはだける。下帯の紐《ひも》をほどく。怒張した一物が勢いよく飛び出す。それを指先でしごきながら、お仙は口にふくんだ。

「うっ」

唐十郎の口から小さなうめき声が洩れた。あごがわずかに上がった。それを上目づかいに見ながら、お仙は口の中で一物を出し入れする。そして、左手の指でやさしく陰嚢《ふぐり》を揉《も》み上げる。屹立した一物が、お仙の口中でさらに硬く、さらに太く怒張する。

「い、いかん！」

唐十郎が低くうめいた。一物がひくひくと脈打っている。

「だめ、まだ、だめですよ」

たしなめるようにいって、お仙は立ち上がり、帯をほどいて手早く黄八丈の着物と緋《ひ》色の長襦袢《ながじゆばん》を脱ぎ捨て、腰の物をはずした。全裸である。肌の白さにもいろいろあるが、お仙の肌はきめが細かく、白磁《はくじ》のように透明感のある白さである。

小ぶりだが張りのある形のいい乳房、胴がきゅっとくびれ、思いのほか腰まわりの肉づきもよい。ふっくらと盛り上がった恥丘《ちきゆう》に、申しわけ程度の薄い秘毛が茂っている。

唐十郎は仰臥したまま、まぶしそうにお仙の裸身を見上げた。するとお仙は放《ほう》胆《たん》にも、唐十郎の顔をまたぐように立って、中腰の姿勢になった。唐十郎の顔の上に秘孔がさらけ出された恰好《かっこう》である。薄い秘毛の奥に桃色の筋が見えた。ぬめぬめと光っている。

「舐めて」

といってお仙は腰を落とした。せがまれるまま、唐十郎は切れ込みに口を当て、筋目に沿って唇を這わせた。肉ひだがさざ波を打っている。舌先が小さな突起に触れた。

「あっ」

お仙が小さく叫んだ。肉ひだの奥からじわっと露がにじみ出て、甘酸っぱい女の香りがむせるように匂《にお》ってきた。唐十郎の舌の動きは止まらない。

「あっ、ああ……」

お仙が上体をのけぞらせた。両の乳房が震えるように揺れている。

しばらく舌先で切れ込みを愛撫《あいぶ》したあと、唐十郎は上体を起こしてあぐらをかいた。お仙は中腰のまま、唐十郎の膝の上にまたがっている。はざまの真下に唐十郎の怒張した一物が垂直にそそり立っている。

お仙は唐十郎の肩に両手をかけて、ゆっくり腰を落とした。

一物の尖端《せんたん》が壺口《つぼぐち》に当たる。そのまま腰を沈め、唐十郎の膝の上に尻を落とす。垂直にそそり立った一物が、壺口の肉ひだを割ってつるりと中に入った。

「あーっ」

悲鳴のような声を発して、お仙は上体を弓なりにそり返らせた。深々と埋没した一物の尖端が、壺の奥の肉壁を突き上げたのである。峻烈《しゅんれつ》な快感が閃電《せんでん》のように体の芯《しん》を突き抜けた。両腕を唐十郎の首に巻きつけ、激しく尻を上下させる。

唐十郎の息づかいが荒くなった。二人とも水を浴びたように汗まみれである。お仙が尻を上下に律動させるたびに、快楽の波が寄せては返し、返してはまた怒濤《どとう》のごとく押し寄せてくる。お仙も昇りつめていた。

「あ、だめ、いく、……いく！」

髪を振り乱して、お仙が狂悶《きょうもん》する。唐十郎も絶頂に達していた。炸裂《さくれつ》寸前に、お仙の尻を持ち上げて一気に引き抜いた。ドッと淫液《いんえき》が噴出する。

ふうっ。

と、お仙の口から深い吐息が洩れた。そして気抜けしたように、唐十郎のかたわらに座り込み、細い肩を揺らしながら息をととのえた。

「――お仙」

汗まみれのお仙の裸身を引き寄せると、唐十郎は右手を腋《わき》の下に差し込んでやさしく乳房を愛撫した。お仙は陶然《とうぜん》とした面持ちで、唐十郎の愛撫に身をまかせている。

「さっきの金は返さなくてもいい」

「え？」

と、お仙が見返った。

「おるいという女にくれてやるんだな。あの一両を」

「旦那」

お仙がにっこり笑った。

「ありがとう」


お仙は神田佐久間町《さくまちょう》二丁目の『源助店《げんすけだな》』という長屋に一人住まいをしている。俗にいう「九尺二間《くしゃくにけん》」の裏店《うらだな》である。その三軒どなりに、おるいが住んでいる。

翌朝の五ツ（午前八時）ごろ、お仙はさっそくおるいの住まいをたずねた。

「お仙さん？」

と涼やかな声がして、中から姿を現したのは、細面《ほそおもて》の清楚《せいそ》な感じの女――おるいである。朝食の後片付けをしていたらしく、前掛けで手を拭《ふ》きながら、おはようございますと挨拶《あいさつ》をした。

「朝早くからごめんなさいね」

「いいえ……、何かご用？」

「これ、使ってくださいな」

お仙が小判を差し出した。

「まあ、こんな大金、どうしたんですか」

おるいは目を丸くした。女中の給金が年に三両の時代である。庶民にとって一両は夢のような大金なのだ。

「大きな声じゃいえませんけどね」

お仙が声を落としていった。

「兄さんが、ゆうべ博奕《ばくち》で大儲《おおもう》けしたんですよ。で、あたしにも小遣いをくれるって、二両ばかり置いていったんです。どうせ泡銭《あぶくぜに》ですからね。遠慮なく使ってくださいな」

「でも」

と、おるいは困惑げに眉を寄せた。

「そんな大金をお借りしたら、返済が大変ですし」

「いいんですよ、返済の心配なんかしなくても。お金は天下の廻りものなんですから」

笑いながら、おるいの手に小判をにぎらせると、

「じゃ」

と背を返して、お仙は小走りに去っていった。そのうしろ姿を見送りながら、おるいは手のひらの小判を押しいただくようにして深々と頭を下げ、部屋の中にとって返した。

「誰だ?」

低い声がして、奥からうっそりと男が出てきた。歳のころは二十八、九。ぼさぼさの蓬髪《ほうはつ》、真っ黒に日焼けした顔、窪《くぼ》んだ眼窩《がんか》の奥にするどい目が光っている。

「この長屋に住んでいるお仙さん、仲のいい友だちなんです」

「何しにきたんだ?」

「じつは、四日ほど前に、お仙さんにお金の相談をしたところ……」

「金？」

「家移りの費用《かかり》です。そしたらさっそく、こんな大金を」

工面してくれたのだ、といっておるいは小判を差し出してみせた。

「そうか」

男がうなずいた。虚無の翳《かげ》りをただよわせた暗い表情である。

「すまんな。おまえにまで迷惑をかけてしまって」

「いいえ、わたしは迷惑だなんて少しも思っていません。それより佐太郎さん」

といいさすのへ、

「辰次郎《たつじろう》と呼んでくれ」

男が咎《とが》めるような口調でいった。

「あ、ごめんなさい。つい口がすべってしまって」

「万一、おれの素性がばれるようなことがあれば、おまえにまで累《るい》がおよぶ。お
れはそれを心配してるんだ」

「わかっています。もう二度と本名は口にしません」

「それで……？」

「手ごろな家が見つかったんです」

気を取り直して、おるいがいった。

「場所は?」

「本所の亀沢町《かめざわちょう》です。古い小さな家なんですけど家賃も安いし、町屋からちょっとはずれていて人目につく心配もないので——」

「身を隠すには打ってつけの場所だな」

「さっそく手付け金を打ってきますよ」

「うん」

「じゃ、仕事に行ってきます」

前かけをはずして、おるいは足早に出ていった。それを見送ると、男は障子戸に心張棒をかまして部屋にもどり、畳の上にごろりと横になった。

男の名は佐太郎。島抜けのお尋ね者である。たくし上げた袖《そで》の下の二の腕に「サ」の字の入れ墨がくっきりと浮かんでいる。男はうつろな目でその入れ墨を見つめた。

四

いまから五年前、すなわち元文《げんぶん》四年（一七三九）五月——。

当時、佐太郎は深川西町の材木問屋『相模屋』の手代をつとめていた。

算勘《さんかん》に優れ、得意先の評判もよく、人一倍仕事熱心な佐太郎は、『相模屋』のひとり娘お絹《きぬ》の心をも射止め、店の誰からも、

——いずれはお絹と一緒になって『相模屋』の跡を継ぐだろう。

と羨望《せんぼう》の眼差しで見られていた。あるじの惣右衛門《そうえもん》もうすうすは知っていたが、相手が佐太郎ならと二人の仲を黙認していたのである。

そんな矢先に、思いも寄らぬ事件が起きた。

大番頭の利兵衛が得意先から集金してきた八両の金子が、利兵衛や手代たちがちょっと目を離した隙に、帳場から忽然《こつぜん》と消えたのである。

たちまち店じゅうが大騒ぎになった。店じまいをした直後のことなので、外部の人間の犯行でないことだけは確かだった。利兵衛の指示ですぐさま奉公人たちの荷物改めが行われた。その結果、意外にも佐太郎の部屋の柳行李《やなぎごうり》の中から、

封印されたままの八両が発見されたのである。むろん佐太郎には身に覚えのないことだった。

「わたしは存じません！　何かのまちがいです。わたしがやったんじゃありません！」

必死に弁明したが、誰も聞き入れようとはしなかった。悪いことにその前日、佐太郎は郷里の父親の病気治療のために、大番頭の利兵衛に五両の借金を申し入れ、冷たく断られていたのである。これが店の者たちの心証を悪くした一因でもあった。

奉公人の通報を受けて岡っ引の弥平次が飛んできた。

「店から縄《なわ》付きを出したとあっては、手前どもの信用にかかわりますし、『相模屋』の看板にも傷がつきます。どうか腰縄だけは勘弁してやってくださいまし」

と嘆願する惣右衛門の言葉を受けて、弥平次は縄を打たずに佐太郎を連行し、身柄を南町奉行所定町廻り同心・西尾半蔵に引き渡した。

その二日後、佐太郎の懸命の弁明もむなしく、奉行の沙汰が下された。

佐渡《さど》送りである。

十両盗めば首が飛ぶといわれたこの時代、わずか二両の差で死一等は免れたものの、佐渡送りという刑は、死を宣告されたも同然の極刑だった。

佐渡に送られた囚人たちは、金鉱山の坑道の底で地下水を汲《く》み出す労役に課せられる。これを俗に水替え人足といった。地底の深い闇と茹《う》だるような暑熱の中で、地下から絶え間なく湧《わ》きだす水を汲み上げる過酷な作業は、

〈真《まこと》に地獄の責《せ》め苦《く》も斯《か》くならんやと思はせる〉

ほどひどい重労働であったという。佐太郎のまわりでも毎日のようにばたばたと人が死んでいった。そのほとんどは体の弱い者や年嵩《としかさ》の者たちである。

――こんなところで、死んでたまるか。

そう自分にいい聞かせながら、佐太郎は必死に生き抜いてきた。

佐渡に送られてから五度目の夏を迎えようとしていた。

佐太郎もすでに三十歳、さすがに体力の衰えはいなめなかった。水を汲み上げるたびに背中に激痛が奔《はし》り、立ち往生することもしばしばあった。五年の歳月、耐えに耐えてきた体が限界に達していたのである。

――このままではいずれ死ぬだろう。

どうせ死ぬなら一か八かの大博奕を打ってみようと、佐太郎は島抜けを決意し

た。

幸運なことにその三日後に、佐渡は数年ぶりの大嵐に見舞われた。

まさに僥倖《ぎょうこう》だった。この機を逃したら二度と島抜けの機会はない。そう思って吹き荒れる烈風と豪雨の中、張番の役人の目を盗んで人足小屋を脱走し、漁師の小舟を盗んで荒れ狂う海に漕《こ》ぎだした。文字どおり命がけの島抜けだった。舟は大波に翻弄《ほんろう》され、木の葉のように浮き沈みしながら、荒れ狂う暗黒の海をさまよいつづけた。

半刻（一時間）ほどたったときである。

突然、海面が山のように盛り上がり、舟の舳先《へさき》がほぼ直角に上を向いた。ゆうに二丈（約六メートル）はあろうかという大波が舟を押し上げたのである。そして次の瞬間、舟はすさまじい勢いで波の谷間に突き落とされた。どーんと船底に激しい衝撃音がひびいた。佐太郎は胴ノ間にしたたかに叩きつけられ、意識を失った。

そのあとのことは何も憶えていない。自分が生きているのか、死んでいるのかさえもわからなかった。ただ無間《むげん》の闇の異界を浮遊している。そんな感覚だった。

どれほどの時が過ぎただろうか。

瞼《まぶた》の裏に強烈な光を感じて、佐太郎はふっと目を開けた。真っ先に視界に飛び込んできたのは、真っ青な空と白い砂浜、その奥につらなる緑の樹林だった。

夢から覚めたような面持ちで、佐太郎は四囲を見廻した。すぐ近くに大破した舟の残骸が散乱している。どうやら波に揉まれているうちに舟ごと浜辺に打ち上げられたらしい。

（助かった！）

灼熱《しゃくねつ》の陽差し、熱砂、潮騒。海鳥の啼《な》き声。――目に映るもの、耳に聴こえるもののすべてが生きている証《あかし》であり、実感だった。この時点で佐太郎は知るよしもなかったが、そこは越後国《えちごのくに》・寺泊《てらどまり》の浜辺だったのである。

佐太郎は気力を振りしぼって立ち上がり、樹林の奥に見える茅葺《かやぶ》きの家に向かって歩き出した。庭先に漁網が干してある。漁師の家のようだ。人の気配はなかった。

佐太郎は裏庭に廻ってみた。井戸があった。井戸水をたっぷり飲んで空腹を満たし、母屋のわきの納屋をのぞき込んだ。奥に古着が積んである。どの古着も色はあせてはいるが破れやほころびはなかった。佐太郎が身にまとっているのは、水替え人足のお仕着《しきせ》（獄衣）である。それを脱いで手早く古着に着替えると、逃げるように立ち去った。

寺泊をあとにした佐太郎は、海岸沿いの道を南をさして歩きつづけた。その道すがら民家に忍び込んでは小銭や食べ物を盗み、夜は人里離れた水車小屋や野小屋に泊まった。

出雲崎《いずもざき》、柏崎《かしわざき》、柿崎《かきざき》と旅を重ね、四日後に越後高田《たかだ》に着いた。高田は榊原《さかきばら》十五万石の城下町である。旅の途中で盗んだ金が一両二分ほど溜《た》まっていたので、その夜は城下はずれの旅籠《はたご》に宿りをとった。

翌日、早めに宿を出た佐太郎は、海岸沿いの道から北国《ほっこく》街道に足を向け、荒井《あらい》、関山《せきやま》、関川《せきかわ》をへて信濃《しなの》に入った。北国街道は佐渡で産出された金（御金荷《おかねに》という）を江戸に運ぶために整備された街道で、信州追分《おいわけ》（長野県北佐久《きたさく》郡軽井沢《かるいざわ》町）で中山道《なかせんどう》に合流する。

越後の寺泊を発ってから十六日後の夕刻。

佐太郎は中山道最後の宿駅である板橋《いたばし》宿に投宿していた。板橋宿から江戸までは、二里八丁の距離である。いよいよ明日は五年ぶりに江戸の土を踏むことになる。そう思うと胸が高鳴ったが、ただ一つだけ心配なことがあった。

佐太郎が島抜けしたことは、佐渡奉行から道中奉行を通じて、すでに江戸の町奉行所に手配書が廻っているにちがいない。おそらく巣鴨《すがも》か追分（駒込《こまごめ》）あたりに検問が設けられているだろう。その検問を通過するには、往来切手《おうらいきって》が必要なのだ。往来切手とは、俗にいう道中手形のことで、現代のパスポートのようなものである。

翌未明、佐太郎は手早く身支度をととのえると、こっそりとなりの部屋に忍び込み、客の荷物から往来切手を盗み出して、旅籠の裏口から逃走した。

滝野川弁天にさしかかったころ、東の空がしらじらと明けそめはじめた。

佐太郎は、ふところから盗み取った往来切手を取り出して、すばやく視線を走らせた。

一、此《こ》の乙吉《おときち》と申す者、生国《しょうごく》は武州上尾宿《あげおじゆく》、仁兵衛《にへえ》親にて、慥《たし》か成る者にて御座候《ござそうろう》。此度《このたび》、小間物行商の為《た》め罷《まか》り出《い》で申候。国々御関所、相違無《あいわずら》く御通し下さる可《べ》く候。

一、此の者、若《も》し相患い候て、何国にても相果て候わば、其所《そのところ》に於《おい》て御葬《ごほうむ》り下さる可く候。

此方迄《このほうまで》、御届には及び申さず候。往来切手件《くだん》の如《ごと》し。

往来切手にはそう記されていた。持ち主は乙吉という小間物の行商人である。その名を頭に叩き込んで、佐太郎は歩度を速めた。刻一刻陽が高くなり、早立ちの旅人の姿もちらほらと目につくようになった。滝野川弁天を過ぎると巣鴨である。

案の定、街道わきのにわか作りの番小屋の前に、道中奉行配下の同心らしき侍が三人立っており、街道を上り下りする旅人に検問を行っていた。佐太郎も呼び止められた。

「往来切手を見せよ」

命じられるまま、佐太郎は往来切手を差し出した。

「そのほうの名と生国、商いを申せ」

同心がするどい目で誰何したが、佐太郎は臆《おく》するふうもなく応えた。

「名は乙吉と申します。生国は武州上尾宿、小間物の行商をしております」

「荷はどうした？」

「これから江戸に仕入れに行くところでございます」

「よし」

同心は往来切手を突き返し、「行け」とあごをしゃくった。

無事に江戸の土を踏んだ佐太郎が、まず真っ先に向かったのは『相模屋』の二番番頭・伊兵衛《いへえ》の家だった。伊兵衛は五年前に金子の盗難事件が起きたとき、最後まで自分の無実を信じてくれた男である。当時、伊兵衛は四十二歳。六年前に女房と死に別れ、娘と二人で深川佐賀町《さがちょう》の借家住まいをしていた。

その家をたずねてみると、意外にも見知らぬ夫婦が住んでいた。

「伊兵衛さんは引っ越したんですか？」

応対に出た中年の女に訊くと、女は首を振って、二年前に亡くなったそうですよと気の毒そうな顔で応えた。一瞬、佐太郎は言葉を失ったが、すぐに気を取り直して、

「娘さんはどうしたんですか？」

と訊いた。

「伊兵衛さんが亡くなったあと、神田佐久間町の長屋に移ったと聞きました。確か佐久間町二丁目の『源助店』だったと……」

「そうですか」

佐太郎は女に丁重に礼をいって立ち去った。

『相模屋』に勤めていたころ、伊兵衛の娘には何度か会ったことがある。名はおるい。色白の愛くるしい娘だった。当時十五歳だったから、いまは二十歳になっているはずだ。

永代橋を渡って日本橋小網町《こあみちょう》の河岸通りに出た。昼下がりの陽光がぎらぎらと照りつけている。額の汗を手の甲で拭いながら、佐太郎は軒端の日陰を拾って歩いた。

日本橋から内神田を抜けて、神田川に架かる和泉橋《いずみばし》を渡ると、すぐ北詰が神田佐久間町である。『源助店』はすぐにわかった。長屋木戸の近くの井戸端で洗濯をしている女におるいの住まいを聞くと、奥から二軒目の家だという。

「勤めに出ているので、たぶんお留守だと思いますよ」

と女がいった。

佐太郎は礼をいって長屋路地の奥に歩を進め、おるいの家の障子戸を引き開けて中に声をかけてみた。が、応答はなかった。女がいったとおり留守だった。

(帰ってくるまで待たせてもらうか)

板橋宿から江戸までの二里八丁を、ほとんど休まずに歩いてきたので、立っているのもままならぬほど疲れ果てていた。上がり框《かまち》に腰を下ろしたとたん、佐太郎は板壁にもたれて高いびきをかいて眠りこけた。

　やがて陽が翳りはじめ、遊びに出ていた長屋の子供たちが帰ってきたらしく、にぎやかな声とともに、長屋路地を走りまわる足音が騒々しくひびいてきたが、それでも佐太郎は死んだように眠りつづけていた。

　それからほどなくして、ふいに障子戸が引き開けられ、

「あら、どなた？」

　と頭上で女の声がした。その声に、ようやく佐太郎は目を覚ました。顔を上げて見ると三和土《たたき》に若い女が怯《おび》えるような表情で立っていた。おるいである。

「おるいか？」

　薄汚れた佐太郎の姿を見て、おるいは警戒するように後ずさった。

「おれの顔を見忘れたのかい？」

「ど、どなたですか」

「『相模屋』に勤めていた佐太郎だよ」

「佐太郎さん！」

　思わずおるいは瞠目《どうもく》した。五年前の佐太郎とは別人のように変貌《へんぼう》していたから

である。

「しばらく見ないうちに、すっかり大人になったな」

「佐太郎さん……、まさか佐渡から……？」

「島抜けしてきたのさ」

ずけりといってのけた。

「！」

おるいの顔がこわばった。うしろ手でぴしゃりと障子戸を閉めると、人目につくといけません、お上がりください、といって佐太郎を中に招じ入れ、部屋の障子も閉めた。

「伊兵衛さん、亡くなったそうだな」

伸びた月代を手でかきあげながら、佐太郎がぼそりといった。

「ええ、二年前に肝ノ臓の病で……」

おるいは哀しげな目で部屋の奥を見た。棚の上に白木の位牌《いはい》が置かれてある。

佐太郎は棚の前に膝を進め、位牌に手を合わせて瞑目《めいもく》すると、ゆっくり振り向いていった。

「五年前の、あの事件は濡れ衣だ。おれはやっていない」

「存じております」

おるいが応えた。

「生前、父から何度もその話を聞かされました」

「で……、その後、『相模屋』はどうなった？」

「佐太郎さんが佐渡送りになった翌年、旦那さまが心ノ臓の病で倒れましてね」

かろうじて一命を取り止めた惣右衛門は、病床に手代の鴻之助を呼び寄せ、『相模屋』の跡を継ぐように申し渡したという。つまり、お絹の婿《むこ》になれということである。

（鴻之助が跡取りに？）

意外だった。鴻之助は佐太郎より五つ年上の先輩格の手代である。野心家で陰険な鴻之助は、お絹と恋仲だった佐太郎をこころよく思っていなかった。事あるごとに鴻之助から陰湿ないびりを受けたことを、佐太郎はいまも忘れてはいない。その鴻之助がお絹の婿になっていたとは……。

「ところが、そのあと不幸なできごとが次々に……」

おるいの話によると、鴻之助とお絹が祝言を挙げて半年もたたぬうちに、惣右衛門が心ノ臓の発作で他界し、さらに翌年の夏、買い物帰りのお絹が仙台堀に落ちて水死するという事故が起きたというのだ。その結果、『相模屋』の身代はそっくり鴻之助のものになったのである。

「それから間もなくでした。父に暇《いとま》が出されたのは——」

「暇？　……伊兵衛さんは首になったのか？」

「ええ。これといった理由もなく、突然鴻之助さんから暇を申しつけられたのです」

「おるい」

佐太郎がするどい目で見返した。

「どうやらそれで絵解きができたぜ」

「絵解き？」

「おれに濡れ衣を着せたのは鴻之助だ。おそらく大番頭の利兵衛も一枚嚙《か》んでいたにちがいない」

その目的は、佐太郎とお絹の仲を引き裂くためである。伊兵衛は佐太郎をかばったために解雇されたのだろう。ひょっとしたら、あるじの惣右衛門と娘のお絹を消したのも二人の仕業かもしれない。佐太郎はそう思った。偶然にしては話ができすぎているし、鴻之助ならやりかねないからだ。

「佐太郎さんは、これからどうするつもりなんですか？」

思い直すように、おるいが訊いた。

「五年前の事件を調べ直そうと思っている。勝手に押しかけてきて、厚かましいことをいうようだが、しばらくここに置いてもらえないか」

「それはかまいませんけど……」

いいさして、おるいは不安そうに眉をひそめた。

「ここでは人目につきます。どこか別の場所に家でも借りましょうか」

「できればそうしたいが、あいにく、おれは――」

「お金のことなら心配いりません。わたしが何とかします」

「しかし」

「本当に心配なさらないでください。それよりお腹空いたでしょ。すぐ夕飯の支度をします」

屈託なく笑って、おるいは台所に去った。

――それから四日がたっていた。

五年前の事件、佐渡での過酷な暮らし、そして命がけの島抜け。……おるいの長屋に転がり込むまでの艱難辛苦《かんなんしんく》の日々が、佐太郎の脳裏に走馬灯のように駆けめぐっていた。

五

その夜、『相模屋』の離れで四人の男が酒を酌み交わしていた。

南町奉行所の定町廻り同心・西尾半蔵と岡っ引の弥平次、そして『相模屋』のあるじ鴻之助と大番頭の利兵衛である。

「つい先ほど、道中奉行から通達があってな」

酒杯をかたむけながら、西尾が苦い顔でいった。

「四日前に板橋宿の旅籠屋で乙吉と申す行商人が往来切手を盗まれたそうだ」

「往来切手を?」

鴻之助が眉をひそめて訊き返す。

「しかも、その切手を持った者が巣鴨の検問を通過して江戸に入ったそうだ」

「まさか、佐太郎が……!」

「確かな証はないが、佐太郎が島抜けしたのは二十日前だ。時期的には一致する」

「………」

　鴻之助の顔から血の気が引いた。

「佐太郎が江戸に舞いもどってきたとしたら、そのねらいは一つしかねえでしょう」

　弥平次がつぶやくようにいうと、その言葉を引きとって、西尾がずばりといった。

「五年前の意趣返しだ」

　鴻之助はハッと見返したが、そのまま絶句してしまった。ますます顔が青ざめてゆく。しばらく重苦しい沈黙がつづいたあと、大番頭の利兵衛が「旦那さま」と口を開いた。

「このさい腕の立つ浪人者を三、四人雇い入れて備えを固めたらいかがでしょうか」

「うむ」

　得たりとばかり、鴻之助はうなずいた。

「わたしもいまそれを考えていたところだよ。利兵衛さん、さっそく手配りしてもらえないかい」

「かしこまりました」

「つい先日も、亥之吉が得体のしれねえやつらに殺されたばかりだからな。用心に越したことはねえだろう」

舐めるように酒を呑みながら弥平次がそういうと、西尾がじろりと目を向けて、

「下手人はまだ見つからんのか」

「へえ。手をつくして捜してるんですが、いまのところは皆目……。けど、そいつらと佐太郎とはかかわりねえと思いやす」

「相模屋」

と西尾が向き直った。

「いずれにせよ、佐太郎は島抜けのお尋ね者だ。町方としても放ってはおけん。草の根わけても捜し出してやるから安心いたせ」

「そういっていただければ心づようございます。よろしくお願い申しあげます」

深々と低頭して、鴻之助は西尾と弥平次に酒を注いだ。

酒を酌み交わしながら、少時、雑談がつづいたあと、鴻之助が思いついたように、

「ところで」

と話題を変えた。

「西尾さまに一つおうかがいしたいことがございますが」

「どんなことだ？」

「両替商の株を手に入れる方策はございませんでしょうか」

「両替商の株？」

「おかげさまで手前どもの商売も順調にいっておりますし、そろそろこのへんで商いの手を広げてみようかと思いまして」

抜け目のない笑みを浮かべて、鴻之助がいった。

「ふふふ、材木問屋だけでは、まだ不足と申すのか」

「商人《あきゆうど》の欲にはきりがございませんので」

「しかし、そう簡単に両替屋の株は手に入らんぞ」

両替商とは、金銀を売買し、他人の金銭を預かり、貸し付けをし、金銀の相場を立てるなど、金融全般を取りあつかう現代の銀行のようなものである。ただし、預かった金銀に利子は付けなかった。安全を保障する代わりに利子は払わない、という理屈からである。そうやって無利子で預かった金を諸侯や大商人に貸し付けて巨額の利子を取るのだから、まさに濡れ手で粟《あわ》のぼろ儲けであった。

元禄八年（一六九五）の貨幣改鋳《かいちゅう》以後、両替商の数が急増したため、既存の両替商たちは幕府に運上金（税金）を納入して株仲間を結成し、享保三年（一七一八）にはその数六百軒と定められた。もちろん両替商の株は売買の対象になっていたが、他業種の商人たちの垂涎《すいぜん》の的《まと》になっているだけに、よほどの事情がないかぎり株を手放す者はいなかった。

「この数年、〝明き株〟が出たという話も聞かんし、仮に出たとしてもそれをねらっている商人は五万といるからな」

無理な相談だといわんばかりに、西尾はかぶりを振った。

「そのへんの事情は手前もよく存じております。すぐにという話ではございませんので何か妙案でも思いつかれましたら、一つよろしくお取り計らいのほどを」

「うむ。心がけておこう」

鷹揚《おうよう》にうなずいて、西尾は酒杯を口に運んだ。

第三章　伏魔殿

一

小伝馬町牢屋敷《ろうやしき》の表通りの一角に、『笹屋《ささや》』ののれんを下げた小ぢんまりとした居酒屋があった。客のほとんどは牢屋敷の門前に軒《のき》をつらねる「差し人れ屋」の使用人や牢屋敷の下役人たちである。

今夜も七、八人の客たちがにぎやかに酒を酌み交わしていた。寝苦しい真夏の夜である。表通りに面した障子戸と東西の窓はすべて開け放たれているが、風がないために店の中は蒸し風呂のように暑く、団扇《うちわ》や扇子をせわしなげに使っている客もいた。そんな中、窓ぎわの席に座って、一人だけ物静かに酒を呑《の》んでいる初老の男がいた。稲葉屋の重蔵である。

鳶茶《とびちゃ》の筒袖《つつそで》に紺のどんぶりがけ、薄鼠《うすねず》色の股引《ももひ》きといったいでたちの重蔵は、仕事帰りにふらりと立ち寄った小商人という風情で、猪口《ちょこ》をかたむけながらチラチラと窓の外に目を向けている。その視線の先には軒灯を消して、ひっそりと大戸を下ろした『巴屋』があった。

この日の夕方、重蔵は付木《つけぎ》の振り売りをしている松三《まつぞう》という男から、瀬戸物問屋『鳴海屋』の息子・徳太郎が放免になったいきさつについて、耳よりな情報を得たのである。そのことはすでに京橋界隈《かいわい》でもうわさになっているらしく、

「人の口に戸は立てられやせんや」

と前置きして、松三はこういった。

「『鳴海屋』のあるじが差し入れ屋の『巴屋』に仲介を頼んで、大枚五十両を払って倅《せがれ》を放免にしてもらったそうですぜ」

仲介を依頼された『巴屋』が、どんな手段《てだて》を使って徳太郎を牢から引き出したのか、松三もくわしいことは知らないという。いずれにせよ、五十両もの大金が動いたとなれば、かなりの大物が『巴屋』の背後に控えているにちがいない。そう思って重蔵は『巴屋』の様子を探りにきたのである。

『笹屋』に入ってから、かれこれ半刻（一時間）が過ぎようとしていた。卓の上には空になった徳利が三本転がっている。四本目の酒を頼もうとしたとき、ふいに重蔵の目が動いた。

『巴屋』のくぐり戸が開いて、あるじの茂兵衛が出てきたのだ。

その様子が不審だった。通りの気配をうかがうように素早くあたりを見廻すと、背後を振り返って手招きしたのである。それを合図に微行頭巾《しのびずきん》の武士が二人、これも人目をはばかるようにこっそりと姿を現した。いずれも身なりのよい旗本ふうの武士である。

三人は足早に通りを横切って牢屋敷の表門に向かい、門番に二《ふた》こと三《み》こと短く言葉をかけて門内に消えていった。

時刻は六ツ半（午後七時）を少し廻ったころである。こんな時分に旗本ふうの武士が微行頭巾で面《おもて》を隠して、こっそり牢屋敷をおとずれるというのはいかにも怪しげだ。

（何者だ？　あの二人）

重蔵がけげんそうに窓の外に目をやっていると、となりの席で酒を呑んでいた男が、

「ちっ、いい気なもんだぜ」

ぼそりと独りごちた。どうやらその男も三人の様子を見ていたらしい。重蔵はさり気なく男を見た。四十がらみの胡麻塩《ごましお》頭、背中に牢屋奉行（正しくは囚獄と

いう）石出帯刀《いしでたてわき》の一字をとった「出」の字を染め抜いた半纏《はんてん》をまとっているところを見ると、牢屋敷の下男《しもおとこ》のようだ。下男は牢内の雑務に従事する最下級の役人である。

「つかぬことを訊《き》くが……」

重蔵が声をかけると、男がうろんな目でじろりと見返した。かなり呑んでいるらしく、目のふちと鼻の頭が赤く染まっている。

「ご牢内で何かあるのかい？」

「お楽しみよ」

ぶっきら棒にそういうと、男は重蔵を無視するように顔をそむけて、むっつりと酒を呑みはじめた。猪口の底まで舐《な》めつくすような意地の汚い呑み方である。

それを横目に見ながら、重蔵は小女を呼んで酒を二本注文した。酒はすぐに運ばれてきた。

「よかったら、一杯どうだい？」

重蔵が徳利を差し出すと、男の顔が急にほころんだ。

「すまねえな。じゃ遠慮なく」

「お楽しみってのは、どういうことなんだい？」

酒を注ぎながら、重蔵がさらりと訊く。

「ここだけの話だがな」

男は声をひそめていった。

「牢屋敷の中で女が売られているのよ」

「女？」

「差し入れ屋の『巴屋』が牢屋同心とつるんで旗本連中に女を斡旋《あっせん》してるんだ」

「その女ってのは、どこから連れてくるんだい？」

「江戸のあっちこっちからさ。隠れ売女《ばいた》もいれば、盗み、かっぱらい、不義密通を働いた女もいる」

「まさか、女牢の囚人を……！」

「ふふふ、そのまさかだよ」

男は黄色い歯を見せてにやりと笑った。信じられぬ面持ちで、重蔵は男を見返した。

「塀《へい》の外側の連中にはわからねえだろうが、牢屋敷の中には御定法《じょうほう》も御法度もありゃしねえ。まるで悪の巣窟《そうくつ》だ。酒、煙草《たばこ》、麻薬の密売、博奕《ばくち》、喧嘩《けんか》、拷問、強姦《ごうかん》、人殺し。何でもありの闇《やみ》の世界さ」

男の話はあながち虚言ではなかった。

現実に牢屋敷内では賄賂《わいろ》が堂々とまかり通り、牢役人に金さえ払えば手に入らない物はなかったし、また、俗に大牢と呼ばれる雑居房では、囚人同士の喧嘩や人殺しは日常茶飯事で、殺された囚人の死体は「牢死」としてひそかに処理された。まさに無法の闇世界である。だが、それよりも何よりも重蔵を驚かせたのは、牢屋敷内で女囚の肉体が売買されているという事実だった。

小伝馬町の牢屋敷の東西には、御目見得《おめみえ》（将軍に拝謁《はいえつ》できる身分）以下の直参《じきさん》、陪臣《ばいしん》、僧侶、医師などが収容される揚屋《あがりや》という監房があったが、そのうち西側の揚屋は、女囚を収容する女牢として使われていた。罪を犯した女囚は武士・町人の区別なくここに収容されたのである。牢内ではこの女牢を「女部屋」と呼んでいた。

女部屋には、常時三十人ほどの女囚が収容されていた。下級武士の妻女や商家の内儀、娘、後家など年齢や出自も千差万別で、牢屋同心たちはこれぞと目をつけた女囚を宿直の夜に張番所に引っ張り出して欝《うつ》を散じたという。それがしだいにエスカレートし、外部の人間にも女囚を斡旋するようになった、と男はいった。

先刻の微行頭巾の二人の武士も、女部屋の女囚を買いにきた手合いだったのである。

（なるほど、牢屋敷内にはそんなからくりがあったのか）

男の話を聞きながら、重蔵はするどい目で窓の外を見やった。

高張提灯《たかはりちょうちん》の明かりに、牢屋敷のいかめしい表門が浮かび上がっている。その門の奥のどこかで、先刻の二人の武士が女囚の肉体を玩弄《がんろう》し、淫欲《いんよく》をむさぼっていると思うと重蔵の胸中に烈々たる怒りが込み上げてきた。

ざくっ。

西瓜《すいか》が真っ二つに割れて、赤い汁がしたたり落ちた。

「食うか？」

と割った西瓜の片方を差し出したのは、千坂唐十郎である。「いただきやす」と受け取って、重蔵はかたわらの薪《たきぎ》の山に腰をすえた。そこは唐十郎の仕まいの裏手の井戸端である。唐十郎が井戸水にひたしておいた西瓜を取り出そうとしたところへ、ひょっこり重蔵がたずねてきて、昨夜の話になったのだ。

「ひどい話だな」

冷えた西瓜にかぶりつきながら、唐十郎がいった。

「あっしもね。世間の裏の裏を嫌っててえほど見てきやしたが、こんなひでえ話はありやせん。どいつもこいつも腐り切ってやすよ」

重蔵も憤慨《ふんがい》している。

「で、『巴屋』と通じている牢役人の正体はわかったのか？」

「へい。鍵役《かぎやく》の藪田伍兵衛《やぶたごへえ》という牢屋同心で」

およそ六十人いる牢屋同心は、その職務によって地位が決められていた。一番地位の高い役職は、牢屋敷の諸口の鍵を管理する鍵役で定員は二名。その下に小頭、世話役、物書所詰《ものかきしょづめ》、打役《うちやく》、数役《かぞえやく》、平番、物書役、賄役《まかないやく》、勘定役《かんじょう》、牢番などがいる。

鍵役の俸禄《ほうろく》は四十俵四人扶持《ぶち》である。三十俵二人扶持の町奉行所の同心に比べれば、俸禄の上でも格が上だった。そのほかの同心は、二十俵二人扶持である。ちなみに四十俵は年俸、四人扶持は日給に相当し、一人扶持は玄米五合、四人扶持なら一日に玄米二升が支給される。

「その藪田って牢屋同心ですがね」

西瓜の種をぷっと吐き捨てて、重蔵が話をつづける。

「『巴屋』からたっぷり賄賂をせしめてるようで、羽振りがいいの何のって、毎晩のように薬研堀《やげんぼり》の『桃源楼《とうげんろう》』に通いつめてるそうですぜ」

『桃源楼』は両国一といわれる茶屋で、大身旗本や府内の豪商・富農が金に飽かして遊ぶ場所として知られている。本来、四十俵四人扶持の御家人ごときが出入りできるような見世《みせ》ではないのだ。

「牢内の囚人を生かすも殺すも、そいつの裁量ひとつってわけか」

唐十郎がいった。

「へい」

とうなずいて、重蔵は食べおえた西瓜の皮を草むらにポンと投げ捨てて、

「牢屋奉行の石出さまは、役宅に腰をすえたまま書類に判子を押すだけだそうで。牢内の仕置（管理）は鍵役の藪田に好きなようにやらせてるにちがいありやせん。とにかく牢役人どもは上から下まで腐り切ってますよ」

「まさに伏魔殿だな。小伝馬町の牢屋敷は」

「おっしゃるとおりで」

「その話、一応『大黒屋』に伝えておこう。おまえさんは引きつづき『巴屋』の動きを探ってくれ」

「かしこまりやした」

腰を上げて一礼すると、重蔵は小走りに去っていった。


それから二刻（四時間）後、陽が落ちるのを待って、唐十郎は家を出た。

西の空が血を刷《は》いたように真っ赤に染まっている。昼間の酷暑はいくぶんやわらいだものの、この日も風はほとんどなく、暑熱と湿気をふくんだ空気が澱《おり》のように淀《よど》んでいる。少しでも涼を得ようと、あちこちで打ち水をする姿も目についた。

旅人宿《たびにんやど》『大黒屋』の表は、宿りを求める人々でちょうど混み合う時刻だった。裏口に廻って女中の一人に来意を告げると、奥から女房のお春が出てきて、

「まあ、千坂さま、ようこそお越しくださいました。どうぞお入りくださいまし」

と愛想よく笑って、唐十郎を奥座敷に案内した。

お春はまだ三十前の女盛りである。以前は『大黒屋』の女中として働いていたのだが、女房と死に別れた宗兵衛にぜひにと請《こ》われて後添《のちぞ》えに入ったのである。器量は十人並みだが働き者で愛嬌《あいきょう》のいいお春を、宗兵衛は娘のように可愛がっ

ている。

そのお春が、不逞《ふてい》の浪人どもに拐《かど》わかされそうになったところを助けたのが唐十郎だった。それが縁で『大黒屋』の宗兵衛と知り合い、〝裏公事《くじ》〟の始末人を引き受けることになったのである。

お春が運んできた茶をすすっていると、ほどなくして、

「大変お待たせいたしました」

宗兵衛がせわしなく入ってきて、唐十郎の前に着座した。

「あいかわらず忙しそうだな」

「いえ、ちょうど一段落したところで。……どうぞ、これをお使いくださいまし」

と宗兵衛が団扇を差し出した。

「牢屋敷のからくりが見えてきたぞ」

団扇で胸元に風を送りながら、唐十郎は重蔵から聞いた話の一部始終を語り、そのからくりについて、こう分析した。

「まず岡っ引の弥平次が罪のない人間に濡《ぬ》れ衣をかぶせて牢に送る。それを受けて差し入れ屋の『巴屋』が身内から法外な金を取り、牢屋同心の藪田伍兵衛に依

頼して牢に入れられた者を解き放つ。そういう図式だ」

「なるほど」

宗兵衛が険しい顔でうなずいた。

「おそらく、そのからくりには町奉行所の役人も一枚嚙《か》んでるはずだ」

「岡っ引の独断で無実の者を牢に送ることはできませんからね」

唐十郎は飲み干した茶碗《ちゃわん》を盆《ぼん》にもどしていった。

「この事件は思ったより複雑で根が深い。すべてが明らかになるまで、もうしばらく時間《とき》がかかりそうだ。そのことを了解してもらおうと思ってな」

「それは、もう重々。ご無理なお願いをしたのは手前どものほうですから、今日明日までにと申すつもりは毛頭ございません。それより千坂さま」

と腰を上げて、宗兵衛は奥の手文庫から金子《きんす》二両を取り出し、

「手間ひまがかかれば、それなりに費用もかかります。どうぞ、これをお納めくださいまし。いえ、手数料とは別の実費でございますので、ご遠慮なく」

差し出された金子を、唐十郎は素直に受け取った。先日、お仙に一両の金を用立ててやったので、正直なところ、ふところがいささか寂しかった。

「すまんな」

二両の金子をふところにねじ込むと、また何かわかったら知らせにくる、といいおいて唐十郎は立ち上がった。

二

小名木川の船着場に猪牙舟《ちょきぶね》をつけて、丈吉はぼんやり煙管《きせる》をくゆらせていた。一見客待ちをしている風情だが、丈吉の目は何かを探るようにするどく一点に向けられている。その視線の先には常盤町の盛り場の明かりがあった。

三日ほど前に、重蔵から岡っ引の弥平次の動きを探るように頼まれて、この船着場で張り込みをつづけていたのである。

弥平次は、ほとんど毎日のように情婦のお滝が営む常盤町二丁目の小料理屋『侘助』に通いつめている。お滝に会いに行くというより、『侘助』の売り上げが気になるらしく、店に入るとすぐに帳簿に目を通し、お滝にあれこれと細かい指示を与えて帰って行くという。これは重蔵の調べでわかったことである。

この日も、弥平次は六ツ（午後六時）を少し過ぎたころ『侘助』に入って行った。それから半刻ほどたつが、まだ姿を現さない。

「船頭さん」

ふいに頭上で声がした。思わず顔を上げて見ると、船着場の石垣の上に商家の旦那《だんな》ふうの中年男が立っていた。

「すまないが、両国の垢離場《こりば》までやってもらえないかい」

「あいにくですが、ほかのお客さんを待ってるところなんで」

丈吉が丁重に断ると、男は露骨に不愉快な表情を示し、そそくさと立ち去った。客を断ったのはこれで三度目である。皮肉なものでこういう日にかぎって客が立て込むのだ。

「ちっ、これじゃ商売にならねえや」

ぼやきながら煙管の火をポンと川面《かわも》に落として、二服目の煙草を詰めようとしたとき、丈吉の目がきらりと光った。常盤町の雑踏の中に弥平次の姿を見たのである。

煙管をすばやく煙草盆にもどすと、丈吉は立ち上がってひらりと桟橋に降り立った。

川沿いの道を東をさして歩いてゆく弥平次を、五、六間離れて、丈吉が見え隠れに尾《つ》けてゆく。常盤町の盛り場の明かりが遠ざかり、四辺はしだいに濃い闇に塗り込められていった。道の左側は築地塀《ついじべい》やなまこ塀がつらなる武家地である。

小名木川と横川が合流する地点の辻角を、弥平次は左に曲がって行った。

そこは深川西町である。町の南角に豪壮な店構えの材木問屋があった。『相模屋』である。下ろされた大戸の節穴からかすかな明かりが洩《も》れている。店の者たちはまだ起きているようだ。丈吉は『相模屋』からやや離れた川岸の立木の陰に身をひそめて、じっと闇に目をこらした。弥平次は店の前で立ち止まって、すばやく四辺に視線を配ると、くぐり戸を押し開けて中に入って行った。

（相模屋か……）

こんな時分に何の用事があるのだろう、とけげんそうに見ていると、ふいにくぐり戸が開いて、二人の浪人者がうっそりと姿を現した。一人は鶴《つる》のように痩《や》せた男、もう一人はずんぐりとした猪首《いくび》の男、いずれも目つきの悪いすさんだ感じの浪人者である。

痩せた浪人が提灯の明かりをかざしながら、川岸通りにするどく視線をめぐらした。猪首の浪人も用心深くあたりを見廻している。丈吉は知らなかったが、この二人は『相模屋』が雇った用心棒だったのだ。

しばらく店の周囲を見廻ったあと、二人の浪人はふたたび店の中に消えていった。

それを見届けて、木立の陰から歩を踏み出そうとしたときである。

「!」

丈吉の目がきらりと光った。

『相模屋』の北側の材木置場の闇に黒影がよぎったのである。黒の筒袖に鈍色《にびいろ》の股引き姿、手拭《てぬぐ》いで頰《ほお》かぶりをした職人ていの男である。逃げるように立ち去るところを見ると、どうやらその男も『相模屋』の様子を探っていたようだ。

不審に思いながら、丈吉は男のあとを追った。

男は横川の川岸通りを北に向かって小走りに去ってゆく。

西町の北側は菊川町である。菊川町の町屋は川岸通りに沿って、南から北へ三丁目、二丁目、一丁目とつづき、一丁目の先は本所の竪川にぶつかる。

男は竪川沿いの道を西に向かって歩を進め、二ツ目橋を渡って本所亀沢町の路地に足を踏み入れた。町屋といっても周囲一帯は雑木林や草地ばかりで、民家は数えるほどしかない。路地の左側には幕臣の小屋敷が点在する武家地が広がり、その敷地内に「亀沢ノ池」と呼ばれる六百坪余の大きな池がある。それが町名の由来になったという。

雑木林の奥に、ほんのり明かりをにじませた小さな家が見えた。茅葺《かやぶ》き屋根の古い百姓家である。男はその家に入っていった。

付近の藪陰でそれを見届けると、丈吉は足音を消して戸口のかたわらに歩み寄り、板壁に体を張りつけるようにして、中の気配をうかがった。

「お帰りなさい」

涼やかな女の声がした。その声を聞いた瞬間、丈吉は思わず息を呑んだ。妹のお仙と同じ長屋に住んでいるおるいの声にそっくりだったからである。

「どんな様子でした？」

「思った通りだ。やつらは用心棒を雇って備えを固めている」

これは佐太郎の声である。

「じゃ、やはり御番所から『相模屋』に知らせが……？」

「岡っ引の弥平次が『相模屋』に出入りしている。知らせたのは、おそらくあいつだろう。ひょっとすると、五年前から鴻之助と弥平次はつるんでいたのかもしれねえ」

「五年前から？」

「おれが必死に申し開きをしても、あいつは耳を貸そうともしなかった。それどころか番屋の中で散々おれを痛めつけたあげく、ろくな調べもせずに番所に突き出しやがった。いま思えばあいつもぐるだったんだ。そうにちがいねえさ」

「佐太郎さん」

といいかけたおるいの声が、あわてて「辰次郎さん」といい直した。

「しばらく『相模屋』には近づかないほうがいいんじゃないですか。辰次郎さんの身に万一があったら、元も子もありませんから」

「心配するな、おるい」

佐太郎の低い声を聞いて、丈吉はハッとなった。女はやはりおるいだった。

「おれは地獄の底で五年間も生き抜いてきたんだ。そう簡単にくたばりゃしねえさ」

「…………」

「おれにも男の意地があるからな。このまま引き下がるわけにはいかねえんだ。五年前の借りはかならず返してやる」

吐き捨てるような佐太郎の声を最後に、二人の会話はぷつりと途切れた。同時に床を踏み鳴らす足音がひびき、がらりと襖《ふすま》を引き開ける音がした。佐太郎が奥の部屋に去ったらしい。そこまで聞き届けると、丈吉はそっと踵《きびす》を返して立ち去った。

亀沢町の路地を抜けて、ふたたび竪川の河岸通りに出ると、丈吉は両国橋を渡って神田佐久間町二丁目の『源助店』に足を向けた。

時刻はとうに五ツ（午後八時）を廻っている。長屋のどの家も明かりを消してひっそりと寝静まっていたが、一軒だけかすかに明かりを灯している家があった。丈吉はその家の戸口で足を止めて、腰高障子を叩《たた》いた。

がらりと障子戸が開いて、お仙がけげんそうに顔を出した。

「あら、兄さん」

「寝てたのか？」

「ううん、繕《つくろ》い物をしてたとこ。どうしたの？　こんな時刻に」

「ちょいと、おめえに訊きてえことがあってな。いいかい？」

「散らかってるけど、どうぞ」

お仙にうながされて、丈吉は部屋に上がった。

「お酒、呑む？」

「いや……、それより、お仙。この長屋に住んでいたおるいって女、引っ越したのか?」

「うん。きのうの夕方、あわただしく荷物を運び出して越していったわ」

応えて、お仙はいぶかるように丈吉を見返した。

「でも、兄さん、なぜおるいさんのことを……?」

「実はな」

丈吉はあごを撫《な》でながら、『相模屋』の近くで様子の不審な男を見かけたことや、その男が本所亀沢町の一軒家でおるいと暮らしていたこと、そして二人が何やら謎めいたやりとりをしていたことなどを、かいつまんで話し、

「どうやら、おるいとその男は『相模屋』に関わりがあるらしいぜ」

「そういえば――」

記憶をたどるように、お仙は大きな眸《め》を宙に据えた。

「おるいさんのお父つあんも、以前『相模屋』に勤めていたことがあるって。いつだったかそんな話を聞いたことがあるわ」

「男の素性は知ってるのか」

「ううん、一度だけちらりと見かけたことがあるけど、くわしいことは何も」

男と女の関係だけに、あれこれと詮索《せんさく》するのも気が引けたし、おるい自身も多

くを語ろうとはしなかったので、お仙は男の名前すら知らなかったのだ。

「おるいはその男を佐太郎って呼んでたぜ」

「佐太郎？」

「だが、すぐに辰次郎っていい直した。おそらく佐太郎が本名で、辰次郎は変名かもしれねえ」

「変名？　……というと、本名を知られては何か都合の悪いことでも？」

「たぶんな。五年前の借りを返してやる、ともいっていた」

「借りの相手って『相模屋』のこと？」

「話の内容からすると、そうにちがいねえ。五年前に何があったのかわからねえが、岡っ引の弥平次がからんでるとなると、このまま黙って見過ごすわけにはいかねえ。すまねえが、お仙、そのへんの事情を探ってもらえねえかい」

「わかった。おるいさんに会って、それとなく訊いてみるわ」

「頼んだぜ」

といって、丈吉は腰を上げた。

「あら、もう帰るの？」

「猪牙の船頭はこれからが稼ぎどきだ。昼間休んだ分を取り戻さなきゃならねえからな」

「そんなにガツガツ働かなくても、千坂の旦那からたっぷり〝仕事料〟をもらったんじゃないの」

皮肉っぽく笑いながら、お仙がいった。

「ところがどっこい、裏仕事は出来高払いだからな。まだもらっちゃいねえのさ」

いい返して、丈吉は足早に出ていった。

三

薬研堀は、両国屈指の盛り場である。
この地には幕府の米蔵があり、米を輸送する船を大川から引き込むための入り堀があった。その堀を薬研堀と称したのだが、物の書に、
〈(薬研堀の)堀留《ほりどめ》に不動尊《ふどうそん》あり。霊験《れいげん》ありとて近年とくに群衆す〉
とあるように、堀の周辺は不動尊詣《もう》での人々でにぎわうようになった。その人出を当て込んで、見世物小屋や茶屋、料亭、小料理屋が立ち並ぶようになり、い

つしかこの一帯を薬研堀と呼ぶようになったのである。

堀端通りには軒行灯《あんどん》や提灯、雪洞《ぼんぼり》などの明かりがつらなり、その明かりの中を絶え間なく人が行き交っている。路地の一角にある煮売屋の店先の床几《しょうぎ》に腰を下ろして酒を呑みながら、千坂唐十郎はそんな人の流れをぼんやり眺めていた。

今夜もまったくの無風である。

店の明かりに群がる虫の羽音さえ暑苦しく感じられる。

唐十郎の目の前を野暮ったい身なりの武士が三人、お国訛《なま》り丸出しで声高にしゃべりながら、通り過ぎて行った。江戸の市民から〝浅黄裏《あさぎうら》〟と揶揄《やゆ》されている勤番の田舎《いなか》侍である。その三人連れを見た瞬間、唐十郎の胸にふっと感懐がこみ上げてきた。

〈江戸は諸国の吹き溜《だ》まり〉

といわれるように、江戸の人口の大半は諸国からの寄り集まりである。

三年半ほど前まで、唐十郎も美濃大垣《みのおおがき》藩に士籍を置いていた。

事情があって現在は千坂唐十郎の偽名を名乗っているが、本名は田坂清十《たさかせいじゅう》郎《ろう》。大垣藩では徒士頭《かちがしら》を務め、百二十石の禄をはんでいた。

二十七歳のときに父親が他界、田坂家の家督相続を機に、かねて交際中の郡奉《こおりぶ》行配下《ぎょう》・山根忠左衛門《やまねちゆうざえもん》の娘・登勢《とせ》との結婚を決意したが、登勢は父親の薦《すす》めで、すでに郡奉行・倉橋監物《くらはしけんもつ》の息子・源吾《げんご》のもとに嫁いでいた。

誰の目にも明らかな政略結婚だった。実際、登勢が嫁いだあと、父親の山根忠左衛門は在方下役人《ざいかたしたやくにん》から郡奉行所の手代に昇進している。

——致し方あるまい。これが現実なのだ。

そう自分にいい聞かせて、唐十郎は登勢への想いを断ち切った。

その二年後、唐十郎は大垣城下で偶然登勢と再会した。一言詫《わ》びをいいたいという登勢の気持ちを汲《く》んで、唐十郎は近くの料理茶屋に登勢をさそったのだが、それがそもそも間違いの因《もと》だった。たまたま近くを通りかかった郡奉行の配下に目撃されてしまったのである。ほどなくその一件は、登勢の夫・倉橋源吾の耳に入った。

偏執的で猜疑《さいぎ》心のつよい源吾は、二人の仲を邪推して嫉妬《しっと》に狂い、連日のように登勢を責めつづけた。もちろん登勢には身に覚えのないことだったが、弁解すればするほど源吾は逆上し、殴る蹴《け》るの暴力をふるった。

そしてついに、夫の責め苦に堪えかねた登勢は、屋敷の裏庭で首をくくって自害してしまったのである。そのうわさは数日後に唐十郎の耳にも伝わった。

——登勢が自害した。

激しい衝撃とともに、胸が張り裂けんばかりの悲しみが込み上げてきた。その悲しみはやがて倉橋源吾への怒りに変わっていった。登勢を自害に追い込んだ直接の原因が、源吾の邪推と嫉妬によるものと知ったからである。

（許せぬ！）

登勢の死の真相を知った翌日の夕刻、唐十郎は倉橋家の屋敷近くで下城の源吾を待ち伏せし、二人の供侍ともども源吾を斬《き》り捨てると、その足で脱藩逐電《だっぱんちくでん》した。

それから三年余、信濃、越後、上州と流浪の旅をつづけ、去年の暮れに江戸に流れついたのだが、放浪の途次、倉橋の一族が源吾の仇《かたき》を討つために刺客を放ったと風のうわさに聞き、探索の手を逃れるために千坂唐十郎の変名を使ったのである。

（早いものだ。あれからもう三年半か……）

苦い追想にふけりながら、呑み干した猪口に酒を注ごうとしたとき、唐十郎の目がきらりと光った。斜向《はす》かいの茶屋から、仲居らしき女に送られて一人の武士がふらりと出てきたのである。八の字眉《まゆ》の貧相な顔をしていて、背もさほど高くはないが、骨太のがっしりした体軀《たいく》をしている。

「またお越しくださいまし。藪田さま」

愛想たっぷりに武士を送り出す仲居の声を、唐十郎は聞き逃さなかった。

重蔵から差し入れ屋の『巴屋』と牢屋同心の藪田伍兵衛が結託していると聞いたのは四日前である。その後重蔵からは何の連絡もなかった。重蔵が探索を進めているあいだ、手をこまねいていても埒《らち》が明かないので、みずから探りを入れるべく、藪田が足しげく出入りしているという薬研堀の茶屋『桃源楼』に様子を見にきたのである。

（あれが藪田伍兵衛か）

すかさず床几の上に酒代を置いて、唐十郎は藪田のあとを追った。

ほろ酔い機嫌の藪田は、薬研堀の盛り場から入り組んだ路地を右に左に曲がりながら、南に向かって歩いてゆく。路地を曲がるたびに人の往来がまばらになり、やがて人影も絶えて暗い掘割通りに出た。浜町河岸である。異変は、そのとき起きた。

突然、左手の路地から飛び出してきた女が、藪田に向かって一直線に突進していったのである。その手にきらりと光る物があった。柳包丁《やなぎぼうちょう》である。

「殺してやる！」

叫びながら、女は諸手《もろて》にぎりの柳包丁を藪田に向かって突き出した。次の刹那《せつな》、藪田はほろ酔いとは思えぬ敏捷《びんしょう》な動きで、刀を鞘走《さやばし》らせていた。

キーン。

するどい金属音を発して柳包丁が宙に舞い上がった。そのはずみで、女は前のめりに大きくよろめいた。間髪を入れず藪田が上段から刀を振り下ろそうとしたところへ、唐十郎が矢のように疾駆してきた。

「な、なんだ！　貴様」

振り向きざま、藪田が猛然と斬りかかってきた。紙一重の差で切っ先を見切った唐十郎は、抜きつけの一刀を藪田の脇腹《わきばら》に叩き込み、そのまま左逆袈裟《ぎゃくけさ》に斬り上げた。

藪田の脇腹からおびただしい血が噴出した。

人間の腹部は上半身と下半身をつなぐ蝶番《ちょうつがい》のようなものである。そこを断ち切られたのだから堪《たま》らない。体を異様にねじらせて、藪田は朽木《くちき》のように音を立てて地面に倒れ伏した。声も叫びもなかった。ほとんど即死状態である。

血ぶりをして納刀すると、唐十郎はゆっくり女に向き直った。歳のころは二十

五、六。青白い細面、ととのった顔だちをしているが、頬の肉が薄く、やつれた感じの女である。
「怪我はないか？」

「は、はい」

長身の唐十郎を見上げるようにして、女が何かいおうとするのへ、

「人目につくとまずい。行こう」

とうながして、唐十郎は歩き出した。

日本橋横山町の大通りに出たところで、唐十郎はうしろからついてくる女を振り返り、

「事情《わけ》を聞こうか」

といった。

「申し遅れました。わたしは島《しま》と申します。実は……」

歩きながら、女はぽつりぽつりと語りはじめた。

お島と名乗るこの女は左官職人の女房で、家計を助けるために日本橋堀留の料亭で女中として働いていた。ところが五日ほど前に、常連客からむりやり酒を呑まされたあげく、手込めにされそうになり、激しく揉《も》み合っているうちに客が転

倒、床柱《とこばしら》に頭を打ちつけて怪我をするという事件が起きたのである。

誰が見ても非は客のほうにあり、お島には何の落ち度もなかったのだが、お島に拒《こば》まれた腹いせにその客が近くの番屋に訴え出たため、お島は傷害の罪で捕縛され、小伝馬町の牢に送られたのである。

本来、犯罪の嫌疑をかけられた者は大番屋の仮牢《かりろう》に留置され、吟味《ぎんみ》方の取り調べを受けた上、容疑事実が確かな者だけを小伝馬町の牢に送る決まりになっているのだが、大黒屋宗兵衛がいっていたとおり、近ごろの町方役人はろくな調べもせずに、いきなり小伝馬町の牢に送ってしまうらしい。お島の話を聞いているうちに、唐十郎も腹が立ってきた。

「理不尽な話だな」

「理不尽なのは、それだけではありません」

お島が声を震わせていった。

「その夜、お取り調べがあるといわれて牢から引き出され、牢屋同心の張番所に連れて行かれたんです。そこで待っていたのが藪田伍兵衛でした。そして……」

うしろ手にしばられて自由を奪われたお島は、藪田から口に出すのもはばかられるような辱《はずかし》めを受けたのである。絶望のあまり、いっそ舌を嚙み切って死のうかとも思ったが、家で待っている夫と幼い子供のことを思うと死に切れなかった。

「あとで知ったことなんですが、藪田たちから辱めを受けたのは、わたしだけではありませんでした。牢に入れられた女囚のほとんどが同じような目にあっていたんです」

「藪田たち、というとほかにも誰かいたのか？」

「名前は知りませんが、もう一人の牢屋同心も。……それに」

と、ためらうように言葉を切って、お島はうつむいた。

「それに？」

「牢屋敷の外からきたらしい、お旗本にも同じようなことをされました」

ほとんど聞き取れぬほど小さな声で、お島はそういった。

（そうか）

唐十郎はすぐにぴんときた。『巴屋』が斡旋した二人の武士である。お島はその二人にも凌辱《りょうじょく》されたのだ。怒りを抑えて、唐十郎が訊いた。

「で、牢から出たのは？」

「今日の昼ごろです。ようやくお奉行さまのご沙汰《さた》が下って、過料五百貫でご赦《しゃ》免《めん》になったんです」

　だが、そんなお島をさらなる不幸が待ち受けていた。五日ぶりに家にもどってみると、夫と子供の姿が消えていて、もぬけの殻《から》の薄暗い部屋に離縁状が置いてあったという。

「離縁状？」

「ええ」

　お島は悄然《しょうぜん》とうなずいた。離縁の理由は、唐十郎にも察しがついた。牢に入れられた女がどんな目にあうのか、お島の亭主もうすうす知っていたのだろう。離縁状の末尾には「達者で暮らせ」と、一言そうしたためられてあったという。

「でも、わたしはうちの人を責めるつもりは毛頭ありません。うちの人だってきっと苦しんだんです。正直なところ、牢から出たら、わたしのほうから別れるつもりでした。こんな汚れた体で一生あの人と添いとげることなんか……」

　そこまでいって、お島は堪らず嗚咽《おえつ》を洩らした。一瞬、唐十郎の脳裏に、藪田伍兵衛に突きかかっていったときの、お島の悲愴な顔がよぎった。

「まさか、おまえ……」

「死ぬ気でした」

ふっと顔を上げて、お島がいった。白い頬が涙で濡れている。

「藪田伍兵衛と刺し違えて死んでやろうと——」

「気持ちはわかるが、しかし、藪田はもうこの世にはいない」

「…………」

「むろん、それでおまえの怨《うら》みが晴れるとは思わんが、少なくとも死ぬ理由はなくなったはずだ。生まれ変わったつもりで一からやり直したらどうだ」

「ありがとうございます」

「実家《さと》はどこなのだ？」

「上州高崎《たかさき》の在の百姓です。母は二年前に亡くなりましたが、年老いた父が一人で猫の額ほどの畑を耕しながら細々と暮らしています」

語りながら、お島は小さく微笑《ほほえ》んだ。

「ご浪人さんのおかげで、少しは心が晴れました。実家にもどって父親の面倒を見てやろうと思います」

「それがいい」

唐十郎はふところから小粒（一分金）を二個取り出した。先日、大黒屋宗兵衛から渡された実費の一部である。それをお島の手ににぎらせた。

「これを路用に使ってくれ」

「あ、でも……」

「命を粗末にするなよ」

いいおいて背を向けると、お島の視線を振り切るようにして、唐十郎は大股《おおまた》に去って行った。見送るお島の双眸《そうぼう》から滂沱《ぼうだ》の涙が流れ落ちた。


梅雨《つゆ》が明けてから、江戸は連日猛暑に襲われている。

昼下がりの大川の川面は、涼を求める屋形船や屋根船、日除けの葦簾《よしず》を張った小舟などでびっしり埋めつくされ、それを目当てに白玉売りやトコロテン売り、冷や酒売り、枝豆売りなどの小舟がアメンボのように目まぐるしく走り廻り、さながら水上市のような景観をかもし出している。

涼み舟の混雑からやや離れた川岸に、一艘《そう》の屋根船が簾《すだれ》を下ろしてひっそりと止まっていた。船中で酒を酌み交わしているのは、南町奉行所の定町廻り同心《じょうまちまわり》・西尾半蔵と材木問屋『相模屋』のあるじ・鴻之助、そして西尾の上役・年番《ねんばん》方《かた》与力の九鬼十左衛門《くきじゅうざえもん》である。

「藪田さまが？」

鴻之助が二人に酌をしながら、眉をひそめて訊き返した。

「昨夜、浜町河岸で何者かに斬られたそうだ」

応えたのは西尾である。それを受けて九鬼十左衛門が、

「牢屋同心に怨みを持つ者は掃いて捨てるほどいるからな。前科者に仕返しをされたのかもしれぬ」

と冷やかな口調でいうと、西尾がさらに語をついで、

「藪田の後釜《あとがま》は『巴屋』が見つけてくれるだろう。それより『相模屋』、先日そのほうから相談を受けた件だがな」

「両替商の株の件でございますか」

「ああ、九鬼さまに妙案があるそうだ」

「妙案、と申されますと？」

鴻之助はあらたまった表情で九鬼に問い返した。

「明き株が出なければ、作り出せばよいのだ」

そういって、九鬼は老獪《ろうかい》な笑みを浮かべた。

ちなみに、年番方与力は南北町奉行所にそれぞれ二騎ずつおり、奉行所内全般の取り締まりから金銭の保管・出納、各組の監督、同心諸役の任免のほか、市中

の商工業者が組織する株仲間を監督・指導する権限も持っていた。二百三十石のお抱え席で、奉行所内では町奉行に次ぐ権力者である。

その権力を誇示するように、九鬼はこう豪語した。

「両替商の一つや二つ取りつぶすのは、わしの胸三寸でどうにでもなる」

「なるほど、そういうことでございますか」

鴻之助がしたり顔でにやりと笑った。

「ただし、少々金がかかるぞ」

と西尾がいった。

「両替商の株は、俗に〝千両株〟といわれている。それほど価値があるものなのだ。……ま、千両とはいわぬが、それなりの礼をしてもらわんとな」

「心得てございます」

卑屈に笑って、鴻之助は低頭した。

四

朝四ツ（午前十時）を過ぎると、旅人宿『大黒屋』には束《つか》の間《ま》の静寂がおとずれる。

宿泊客たちがいっせいに宿を出て行くからである。女中や下働きの男たちも、それぞれ使用人部屋に下がって憩《いこ》いの一時《ひととき》を過ごしている。あるじの宗兵衛にとって、この時刻が一日でいちばん安らげるときなのだ。

帳場のわきの六畳の部屋（宗兵衛はここを公事部屋と呼んでいる）に入って、山積みの公事訴訟の書類に目を通していると、女房のお春が顔をのぞかせ、

「『摂津屋』の彦次郎《ひこじろう》さんがお見えですよ」

といった。

「お通ししておくれ」

「はい」

お春は立ち去り、ほどなく男を案内してきた。鉄紺《てつこん》色の絽羽織《ろばおり》に利休《りきゅう》鼠《ねずみ》の小袖を着た三十六、七の物堅そうな男――日本橋北鞘町の両替商『摂津屋』の主人・彦次郎である。

「お仕事中、恐れいります」

「いえ、いえ。どうぞ、おかけください」

宗兵衛が座布団をすすめると、彦次郎は丁重に頭を下げて腰を下ろした。

「で、御用のおもむきとは？」

「つかぬことをお訊《たず》ねいたしますが、公事宿さんの株仲間のほうへ、南の御番所の年番方与力・九鬼さまから内達がきておりますでしょうか」

「内達？　いえ……、どのような内達ですか」

「年に一両の上納金を払えと」

「ほう。それは初耳ですな。内達があったのはいつごろのことですか」

「九鬼さまが年番方与力に就《つ》かれて、ひと月ほどたったころでした」

九鬼十左衛門が年番方与力に昇進したのは今年の三月である。それからひと月後の四月なかばごろ、定町廻り同心の西尾半蔵が株仲間の肝煎《きもいり》をつとめている『摂津屋』をたずねてきて、両替商一軒につき年に一両の上納金を九鬼個人に払えといってきたのである。

「株仲間に加入されている両替屋さんは六百軒ですから、一軒につき一両というと、年に六百両ということになりますな」

「はい。それを九鬼さまに上納するよう西尾さまから申しつけられたのです」

「驚きましたな」

呆《あき》れ顔で、宗兵衛は苦笑した。

「幕府《おかみ》への冥加金《みょうが》のほかに毎年六百両もの大金を、それも九鬼さま個人に上納しろというのは、どう考えても理不尽です。まるで公然と賄賂《まいない》を強要しているようなものじゃありませんか」

「おっしゃるとおりでございます。公事宿さんのほうにも同じような内達がきているのかどうか、念のためにそれをうかがおうかと思いまして」

「いえ、手前どものほうにはきておりません」

旅籠《はたご》屋稼業に比べると両替屋は動かす金の桁《けた》がちがうし、株仲間は町奉行所の監督下に置かれているので何かと弱みもある。九鬼十左衛門はそこに目をつけ、両替商の株仲間だけをねらい撃ちにしたのではないか、と宗兵衛はいった。

「いずれにしても、わたしの一存で決めるわけにはまいりませんので、一応株仲間の寄り合いに諮《はか》ってみたのですが、相手が年番方与力では致し方ない、長いものには巻かれろというのが大方の意見でございましてね」

「うーむ」

宗兵衛は腕組みをして考え込んでしまった。

「わたしとしては、お断りしたいところなのですが——」

「いったん要求を呑むと悪い例を作ってしまいますからね」

「ええ」

「もう一度、株仲間のみなさんと協議をして、お断りしたほうがよろしいかと思いますよ。みなさんが足並みをそろえて反対すれば、いかなお役人でもごり押しはできんでしょう。ここは一つ、肝煎役の『摂津屋』さんの踏ん張りどころですな」

「わかりました。上納金の支払い期限まであと半月ほどありますので、そのあいだに何とかみなさんを説得してみます。貴重なご意見をありがとうございました」

「どういたしまして」

一礼して、彦次郎は出ていった。


「お帰りなさいませ」

帰宅した彦次郎を出迎えたのは、女房のおひでである。甲斐甲斐《かいがい》しく彦次郎の絽羽織を脱がせて衣桁《いこう》にかけながら、おひでは心配そうに彦次郎を見て、

「いかがでした？」

「大黒屋さんも、わたしと同じ意見だった。お断りしたほうがいいといっていた

よ」

そう応えて、彦次郎は浮かない顔で文机の前に座り込んだ。おひでもその前に腰を下ろし、「じゃ、お断りすることに決めたんですね」と念を押すように訊き返した。

「もちろん」

彦次郎は強くうなずいた。温厚そうな顔をしているが、外見に似合わず一徹な性格なのだろう。やや昂《たかぶ》った口調でこういった。

「年に一両といえば、さほどの金額ではないが、そもそもが筋のとおらない要求だからね。わたしは断固としてお断りするつもりだよ」

「でも、九鬼さまににらまれたら、あとでどんな仕返しを受けるか」

おひでは不安そうに眉を曇《くも》らせた。

「それを恐れていたら、商人《あきんど》はいつまでたっても泣き寝入りさせられるだけだ。こういうときにこそ、株仲間が結束してことに当たらなければ……」

「おまえさんのひとり相撲にならなければいいんですけど」

「みなさんの同意が得られるように、根気よく説得してみるさ」

「くれぐれも事を荒立てないようにお願いしますよ」

　おひでは気を取り直すように立ち上がり、

「夕飯の買い物に行ってきます」

　といって部屋を出た。勝手口に向かおうとすると、廊下の角で下働きの女とばったり鉢合わせし、思わず足を止めた。女はおるいだった。

「お買い物ですか」

「ええ、手が空《あ》いてるの？　おるいさん」

「たったいま洗い物を済ませたところです」

「じゃ、一緒に行きましょうか」

「はい。お供いたします」

　と、おひでのあとについて勝手口を出た。

　二人が向かったのは、日本橋の南詰、万《よろず》町《ちょう》の通りである。この通りの両側には八百屋、魚屋、乾物屋、菜屋、味噌醤油屋《みそしょうゆ》などが軒をつらね、夕方になると日本橋界隈の商家の内儀や女中、長屋のかみさんなどの買い物客で大混雑する。

　その混雑を避けるために、おひでは早めに買い物にきたのである。

「何かしら？　あれ」

　前を歩いていたおひでがふと足を止めて、けげんそうに前方を見やった。万町と青物町《あおものちょう》の境の辻角に四、五人の女が群がっている。おるいが笑っていった。

「絵草子屋《えぞうし》ですよ。おかみさん、ご存じありませんでした?」

「以前はなかったわね。絵草子屋なんて」

「二カ月ほど前にできたんです。ちょっとのぞいてみましょうか」

「ええ」

二人は絵草子屋に足を向けた。店頭に極彩色の美人画や役者絵などがずらりと張り出されている。群がった女たちは溜め息まじりにその絵を見ているのである。

「あの左端の絵、中橋広小路《なかはしひろこうじ》の呉服問屋『泉州屋《せんしゅう》』のお内儀さんだそうですよ」

「へえ。『泉州屋』のおかみさんが浮世絵に――」

「そのとなりの絵は、駿河町《するがちょう》の『紅屋《べに》』のお内儀さんですって」

「絵師は多岐川秀扇《たきがわしゅうせん》じゃないですか」

「素人《しろうと》さんの絵も描《か》くんですね、秀扇って」

「お金さえ払えば、誰でも描いてくれるそうですよ」

「あんなにきれいに描いてくれるんなら、わたしだってお金を払ってでも描いてもらいたいわ」

ひそひそとささやき合いながら、女たちは倦《あ》きもせずに錦絵《にしきえ》に見とれている。

「行きましょ」

小声でおるいをうながし、おひでは絵草子屋の店先を離れた。

一通り買い物を済ませて大通りに出ると、買い物包みをかかえておひでのあとに付いていたおるいが、足を速めておひでの横に並びかけ、

「おかみさんもいかがですか？」

と小声で話しかけた。

「何のこと？」

「錦絵ですよ。おかみさん、若くておきれいだし、多岐川秀扇に描いてもらったら、きっと素晴らしい絵になると思いますよ」

「まあ、まあ、おるいさん、お世辞が上手だこと」

「お世辞じゃありません。わたし、前からそう思っていたんです。おかみさんなら『泉州屋』や『紅屋』のお内儀さんにも負けない美人画になるんじゃないかって」

「そういってくれるのは嬉《うれ》しいけど、……でも、自分が錦絵になるなんて気恥ずかしいし、とてもそんな気には……」

と、おひでは照れるようにそういったが、内心はまんざらでもなさそうだった。

そのとき、二人のかたわらを足早に追い越して行く男がいた。口髭《くちひげ》をはやした二十四、五の職人ていの男である。その男が絵草子屋の店先からずっと二人のあとを尾けていたことを、むろん、おひでもおるいも気づいていなかった。見るまに男は人混みの中に消えていった。

北鞘町の『摂津屋』にもどると、おるいはさっそく賄《まかな》いの女とともに万町で買い込んできた食材の仕込みに取りかかった。住み込みで働いている十五人の奉公人たちの夕飯の支度である。魚を下ろし、野菜をきざみ、米を研いで一段落したのは七ツ（午後四時）ごろだった。通い奉公のおるいの仕事はそれで終わりである。

「じゃ、お先に失礼します」

賄いの女に挨拶《あいさつ》をして、勝手口から外に出たところで、ふいに背後から、

「おるいさん」

と声をかけられた。振り向くと、お仙が笑顔で歩み寄ってきた。

「お仙さん」

「近くを通りかかったので、ちょっと寄ってみたんです。そのへんでお茶でも飲みませんか」

お仙は近くの団子屋におるいをさそった。店に入って腰を下ろすなり、

「ごめんなさいね。こちらから引っ越しの挨拶にうかがわなきゃいけないのに、つい遅くなってしまって」

と、おるいが詫びをいった。

「いいんですよ、挨拶なんて。……それより本所の家の住み心地はどう？」

「古い小さな家だけど、使い勝手は悪くないし、まわりが静かなのが何よりです」

「そう。よかったわね、いい家が見つかって」

「おかげさまで」

「ところで、おるいさん」

飲みかけた茶碗を卓の上に置いて、お仙はためらうようにいった。

「立ち入ったことを訊きますけど、一緒に住んでる男の人って、材木問屋の『相模屋』と何か関わりでもあるんですか？」

「え」

おるいの顔に狼狽《ろうばい》が奔《はし》ったのを見て、お仙はあわてて、

「あ、あの、誤解なさらないでね」

といって、兄の丈吉から聞いた話を打ち明けた。おるいは一瞬返答に困った。

もちろんお仙に他意のないことはわかっているのだが、佐太郎の命にかかわることだけに、事実を伝えるべきかどうか逡巡《しゅんじゅん》したのである。しばらくの沈黙のあと、

「ここだけの話ですけど」

と、おるいが意を決するように語りはじめた。

五

その夜、神田多町の千坂唐十郎の家に、丈吉とお仙がたずねてきた。おるいから聞き出した話を唐十郎に伝えるためである。

「ちょいと気になることがありやしてね」

と前置きして、丈吉は五年前に『相模屋』で起きた金子の盗難事件や、その濡れ衣を着せられて手代の佐太郎が佐渡送りになったこと、そして半月ほど前、佐

太郎が島抜けして江戸に舞いもどってきたことなどを語った。それを受けてお仙が、

「おるいさんの長屋に転がり込んできた妙な男というのは、実はその佐太郎さんだったんですよ」

といい添えた。

「なるほど、おるいが一軒家に引っ越したのは、佐太郎を匿《かくま》うためだったのか」

その引っ越しの費用は、もとをただせば唐十郎のふところから出た金である。つまり、間接的に唐十郎も二人の逃避行にかかわっていたことになるのだ。お仙にそういわれて、唐十郎は思わず苦笑した。

「どうやら佐太郎は『相模屋』に意趣返しをするつもりらしいんで」

丈吉がいった。

「ねらいはあるじの鴻之助か」

「おるいさんの話によると、ほかにも二人いるらしいですよ」

応えたのは、お仙である。すかさず丈吉が、

「一人は大番頭の利兵衛、もう一人は岡っ引の弥平次です。佐太郎と『相模屋』の娘・お絹との仲を引き裂くため、その二人が鴻之助とぐるになって罠《わな》を仕掛け

たんじゃねえかと、佐太郎はそういってるそうで」

「『相模屋』はどうなんだ？　佐太郎が江戸にもどってきたことを知っているのか」

「弥平次が知らせたんじゃねえでしょうか。用心棒を雇って店のまわりをがっちり固めておりやすよ」

「そうか」

唐十郎は腕組みをして考えに沈んだ。五年前に佐太郎を捕縛した弥平次が、いまなお『相模屋』に出入りしているとなると、佐太郎の報復に備えるという目的だけではなく、またぞろ『相模屋』の鴻之助と手を組んで何か別の悪事を企んでいるのかもしれない、と唐十郎は独語するようにつぶやいた。

「そのへんのところを、もう少し突っ込んで調べてみやしょうか」

丈吉がいうのへ、

「いや」

と唐十郎はかぶりを振り、これ以上深入りするのは危険だといって、

「『相模屋』からは手を引いてくれ。これは仕事料の半金だ。また何かあったら頼む」

ふところから小粒を二個取り出し、丈吉に手渡した。

「わかりやした。御用があったらいつでも申しつけておくんなさい」

二個の小粒をたもとに放り込むと、丈吉はお仙をうながして部屋を出ていった。

二人が去ったあと、唐十郎はしばらく思案にふけっていたが、ふと思い立ったように腰を上げ、左文字国弘をたばさんでふらりと家を出た。

本所入江町の時の鐘が、ちょうど五ツ（午後八時）を告げはじめたころ、唐十郎は本所横川の川岸通りを歩いていた。『相模屋』の様子を探ってみようと思ったのである。

左手につらなる家並みは、菊川町である。ほとんどの家がすでに明かりを消してひっそりと寝静まっていた。行く手の闇に音もなく野良猫がよぎっていった。

空がどんより曇っている。月も星もない暗夜である。

菊川町二丁目の路地角に小さな明かりが見えた。地口《じぐち》行灯の明かりである。

と、突然、その明かりの中に真っしぐらに飛び込んでくる人影があった。唐十郎は思わず立ち止まって闇に目をこらした。頬かぶりをした職人ていの男である。唐十郎の目が動いた。男の二、三間後方から二つの影が猛然と走ってくる。

頬かぶりの男は、突然前に立ちふさがった唐十郎を見てハッと足を止め、怯《おび》えるように数歩後ずさった。

そこへ二つの影が駆けつけてきた。いずれも浪人者である。一人は鶴のように瘦せた浪人、もう一人はずんぐりとした猪首の浪人――先夜、丈吉が『相模屋』の前で見かけたあの二人だった。頬かぶりの男は、唐十郎と二人の浪人にはさまれて茫然《ぼうぜん》と立ちすくんでいる。

「おぬしは……！」

瘦せ浪人が唐十郎に剣呑《けんのん》な目を向けた。

「通りすがりの者だ」

唐十郎が応えると、もう一人の猪首の浪人がずいと歩を踏み出して、

「そやつは『相模屋』の様子をうかがっていた曲者《くせもの》だ。手出しは無用」

いいざま刀を抜き放った。『相模屋』と聞いて唐十郎はすぐに事態を察した。

「そうか。貴様たちが『相模屋』に雇われた用心棒か」

「なにッ」

瘦せ浪人が目を剝《む》いた。

「ゆえあって、この男の助勢をいたす」

「お、おのれ！」

いきなり猪首の浪人が斬りかかってきた。上段からの斬撃《ざんげき》である。剣尖に殺気がみなぎっている。刃うなりを上げて叩き下ろされた刀刃《とうじん》を、間一髪、横に跳んでかわすと、唐十郎は体当たりの勢いで浪人の右前に踏み込み、抜きつけの一閃《いっせん》を放った。これは直心影流《じきしんかげりゅう》の「後《ご》の先《せん》」を取る打ち込み法である。直心影流の『兵法目録』には、

「打ち込みで当たり合う也《なり》。下より突き上げるように為《な》すべし。凡《すべ》て一気に打ち込みしとき形強し。其の勢い、体に当たる時は倒るる也」

とある。すなわち体当たりの勢いで一気に打ち込めば、その効果は絶大で、かならず相手を倒すことができると説いているのである。唐十郎の刀法はまさにそれだった。

「わっ」

と叫んで、猪首の浪人が前にのめった。

太い首に裂け目が走り、すさまじい勢いで血が噴き出した。

踏み込んだ瞬間、唐十郎が逆手《さかて》に抜いた刀で浪人の猪首を薙《な》ぎ上げたのである。猪首が倒れるのを待たず、唐十郎はすぐさま体を左に開いた。

右から痩せ浪人が斬り込んできた。だが、剣尖は唐十郎の脇腹をかすめて空を切っていた。勢いあまって、浪人は大きく体を泳がせた。唐十郎はすかさず背後に廻り込み、拝み打ちの一刀を背中に浴びせた。斬るというより、叩きつけるような一撃である。

骨が砕《くだ》ける音がして、浪人は体を直角に折って倒れ伏した。着物の裂け目から折れた背骨が突き出している。まるで破れ傘《や》のような死にざまだった。

左文字国弘の血ぶりをして鞘に納めながら、唐十郎は闇に視線をめぐらした。

地口行灯の陰に、頬かぶりの男がかがみ込んでいる。

「もう安心だ。出てこい」

声をかけると、頬かぶりの男が恐る恐る立ち上がって出てきた。

「佐太郎だな?」

「な、なぜ、わたしの名を……?」

男が頬かぶりの下から、いぶかる目で唐十郎を見た。男はやはり佐太郎だった。

「ある筋から五年前の『相模屋』の事件の顚末《てんまつ》を聞いた。おまえが濡れ衣を着せられて佐渡に送られたことも知っている」

「ご浪人さんは？」

佐太郎の顔からは、まだ警戒心が消えていない。

「仔細《しさい》を明かすわけにはいかんが、おまえの敵でないことだけは確かだ」

「まさか、わたしのあとを尾けていたのでは……」

「いや」

とかぶりを振って、唐十郎は射すくめるように佐太郎を見た。

「忠告しておくが、『相模屋』はおまえ一人で太刀打ちできる相手ではない。返り討ちにあうのが関の山だ。意趣返しはあきらめて、江戸を出ていったほうが身のためだぞ」

「ご忠告はありがたくうけたまわっておきます。ご助勢ありがとうございました」

一礼すると、佐太郎はひらりと背を返して、脱兎《だっと》の勢いで闇の深みに走り去った。

唐十郎もゆっくり踵を返した。

――やつはあきらめぬだろう。

歩きながら、ふとそう思った。命がけで島抜けをしてきた男が、見知らぬ浪人者の忠告を素直に聞き入れるとは思えなかった。浜町河岸で牢屋同心の藪田伍兵衛に突きかかっていったお島という女と同じように、刺し違えてでも『相模屋』一味を倒す覚悟が、佐太郎にもあるはずである。そして、それを止めることは誰にもできない。佐太郎には佐太郎なりの生きざまがあり、死にざまがあるのだ。

いずれにせよ、金で人の命をやりとりする〝闇の始末人〟に情動は禁物である。まずは『相模屋』の悪の実態を見きわめなければならない。結果としてそれが佐太郎を救う方策につながれば、

——それに越したことはない。

と唐十郎は思った。

第四章　あぶな絵の女

一

十露盤《そろばん》をはじきながら帳合《ちょうあい》をしていた大番頭の利兵衛が、分厚い帳簿を閉じてふっと顔を上げた。材木問屋『相模屋』の帳場格子の中である。

手代や丁稚《でっち》たちがあわただしく店じまいの支度に取りかかっている。

表には薄い夕闇《ゆうやみ》が忍び寄っていた。

「もうそんな時刻か」

つぶやきながら、利兵衛は帳簿を閉じて、ちらりと店先に目をやった。

二人の浪人者が店の前に立って、薄闇の奥にするどい目を光らせている。殺された二人の浪人の後釜《あとがま》として新たに雇い入れた用心棒である。

その後の調べで、殺された二人は刀で斬《き》られたことがわかった。得物が刀だとすれば、佐太郎の仕業でないことは確かだった。だが、調べに当たった岡っ引の弥平次は、佐太郎が金で殺し屋を雇ったということも考えられるので、引きつづき備えをしておいたほうがいいと助言した。その言葉を受けて、深川黒江町の口入《くちい》れ屋から腕の立つ浪人者を二人周旋《しゅうせん》してもらったのである。

(これでとうぶんは心配ないだろう)

利兵衛はふっと笑みを浮かべ、帳簿と十露盤を帳箱《ちょうばこ》の抽出《ひきだ》しに納めると、

「じゃ、あとは頼みますよ」

と手代の一人にいいおいて、外に出た。

空がどんより曇《くも》っている。ひさしぶりにひと雨きそうな気配である。

店を出ると、利兵衛は小名木川と横川の合流点に架かる新高橋《しんたかはし》を渡り、南に向かって黙々と歩を進めた。利兵衛の住まいは『相模屋』からさほど遠くない猿江《さるえ》町代地《ちょうだいち》にあった。借家ではなく四年前に建てたばかりの自前の家である。

先代の惣右衛門の下で大番頭を務めていたころは、自分の家を持つことなど夢のまた夢だったが、鴻之助が『相模屋』の跡を継いでから給金も数倍にはね上がり、長年の夢だった家が持てたのである。一日の勤めを終えて家路をたどるたびに、利兵衛は五年前の夏のことを思い出す。

その日も夕方から分厚い雲が垂れこめ、いまにも降り出しそうな空模様だっ

た。

得意先から集金して店にもどると、店先で手代の鴻之助が待ち受けていて、

「利兵衛さんに折入って相談があるんですが」

と近くのそば屋にさそわれた。金でも無心されるのかと思いながら、利兵衛は気安く応じたのだが、それがのちに利兵衛の人生を大きく変えることになったのである。

当時、鴻之助は三十歳。野心家で我意が強く、店の中では孤立していたが、なぜか利兵衛とだけはうまが合った。

一方の利兵衛は十三のときに『相模屋』に丁稚奉公に入り、以来三十五年間、ひたすら出世だけを目指してなりふり構わず働いてきた叩《たた》き上げの人物である。出世欲が強いという点では、二人は似た者同士であった。

「で、相談というのは？」

そばをすすりながら、利兵衛が訊《き》くと、鴻之助は大まじめな顔でこういった。

「利兵衛さん、わたしに賭《か》けてみる気はありませんか」

「賭ける？」

「二人で『相模屋』を乗っ取るんですよ」

驚くべきことを、鴻之助はさらりといってのけた。その企みとは、まず『相模屋』のひとり娘・お絹と手代の佐太郎との仲を引き裂くことであった。

「佐太郎がいなくなれば、あとはこっちのもんです。旦那《だんな》さまに取り入って、わたしがお嬢さまと一緒になります」

「そんなことができるわけは……」

と苦笑する利兵衛に、

「できるんです」

鴻之助はきっぱりといい放った。

「旦那さまは心ノ臓に持病をかかえ、このところひどく気弱になっています。お嬢さまに早く婿《むこ》を取らせて、跡目をゆずりたいというのが旦那さまの本音なんです。佐太郎さえいなくなれば、かならずわたしにも出番が廻ってきます」

大まじめに力説したあと、鴻之助はさらにこういった。

「利兵衛さんはお気の毒です。三十五年間汗水流して働いてきても、家の一軒も持てないんですから」

いわれるまでもなく、利兵衛も『相模屋』の処遇には内心不満をいだいていた。

「でも、わたしが『相模屋』の跡目を継いだら、利兵衛さんの夢は叶《かな》います。きっと叶えさせてみせます」

その一言が利兵衛の心を動かした。

「わかった。おまえに賭けてみよう」

そば屋を出て店にもどると、利兵衛は鴻之助に指示されたとおり、佐太郎の部屋に忍び込み、得意先から集金してきたばかりの八両の金子《きんす》を柳行李《やなぎごうり》の中に忍ばせたのである。

計画はまんまと成功した。

佐太郎は金子を盗んだ罪で佐渡送りとなり、鴻之助の筋書きどおり、『相模屋』の将来《ゆくすえ》を案じた惣右衛門は娘のお絹に因果をふくめて、鴻之助を婿に迎えることにしたのだ。

それから五カ月後のある夜、鴻之助は奉公人たちが寝静まったのを見計らって惣右衛門の部屋に忍び込み、病床に臥《ふ》せっている惣右衛門の顔に濡《ぬ》れ紙を当てて窒息死させ、さらにその半年後、茶の湯の稽古《けいこ》仲間の家に遊びにいっていたお絹の帰りを待ち伏せし、泳ぎの不得手なお絹を仙台堀に突き落として溺死《できし》させたのである。

二人の死によって、『相模屋』の身代をそっくり手に入れた鴻之助は、約束どおり利兵衛に新居を建ててくれた。五十の坂を越して、はじめて自分の家が持てたのである。

現在、利兵衛はその家で老妻と平穏に暮らしている。

(あのときの賭けは間違っていなかった)

いまでも利兵衛はそう思っている。後ろめたさや良心の呵責《かしやく》はさらさらなかった。

おのれの欲望や野心のために他人を陥《おとし》いれることは、決して悪いことではない。それは生まれ持った人間の業《ごう》なのだと思う。誰かが不幸になれば、そのぶん誰かが幸せになれる。人の世というのは、すべからく差し引き勘定《かんじょう》で成り立っているのだ。

ぼんやりそんなことを考えながら歩いているうちに、いつの間にか猿江町代地の辻角にさしかかっていた。それを右に曲がろうとしたとき、利兵衛は背後に風がまき起こるような気配を感じて足を止めた。

振り返ろうとした瞬間、背中に強い圧迫を受け、突然、視界が閉ざされた。何者かに目をふさがれたのである。同時に右腕をねじ上げられて、そのまま引きずるずると近くの空き地に引きずられていった。

「だ、誰だ！」

「静かにしろ」

耳元で押し殺した声がした。背後から羽交締《はがいじ》めにされているので、声のぬしの顔は見えなかった。首筋にぴたりと刃物が突きつけられた。

「ひいッ」

と喉笛《のどぶえ》を鳴らして利兵衛はすくみ上がった。

「か、金ならくれてやる。命だけは助けてくれ」

「おれの声を忘れたか、利兵衛」

「え！　……ま、まさか、おまえは……！」

「どうやら思い出したようだな」

「佐太郎か！」

「でかい声を出すな。……いいか、利兵衛。命が惜しかったら、おれの問いに素直に答えるんだ」

「わ、わかった」

「五年前の金子の盗難事件は、貴様が仕掛けたんだな？」

「そうだ。……鴻之助に頼まれて、わたしがやった……。だが、いまは後悔している。おまえには済まないことをしたと思っている」

「心にもないことをいうな。……岡っ引の弥平次もぐるだったんだな？」

「わたしも……、あとで知ったんだが……、鴻之助が金で抱き込んだそうだ」

あえぎあえぎ利兵衛は応えた。

「もう一つ訊く。旦那さまとお嬢さんは殺されたんだな？」

「ああ、ふ、ふたりとも鴻之助が殺《や》った」

「やっぱりそうだったか」

「佐太郎、わたしは鴻之助に騙《だま》されたんだ。おまえには何の怨《うら》みもなかった。心から申しわけないことをしたと思っている。ゆ、許してくれ」

「気がつくのが遅かったようだな、利兵衛」

「た、頼む。命だけは──」

そこでぷつりと声が途切れた。匕首《あいくち》の刃先が利兵衛の喉を切り裂いたのである。同時に佐太郎は数歩跳び下がって返り血を避けた。切り裂かれた首からおびただしい血を撒《ま》き散らしながら、利兵衛は折り崩れるように地面に突っ伏した。

だが、まだ死んではいなかった。血まみれの手で地面をかきむしりながら、必死の形相で佐太郎を見上げ、うめくようにいった。

「お、おまえは……、鬼だ……」

佐太郎は無表情に見下ろしている。そしてぼそりといった。

「おれを鬼にしたのは、貴様たちなんだぜ」

「………」

何かいいかけた利兵衛の顔がふいに硬直し、がっくりと首を折って息絶えた。

「地獄に堕《お》ちるがいい」

唾棄《だき》するようにそういうと、佐太郎は身をひるがえして闇のかなたに走り去った。


表にかすかな足音を聞いて、縫い物をしていたおるいが、ふっと顔を上げた。

本所亀沢町の借家の居間である。ややあってがらりと戸が引き開けられ、佐太郎が息を荒らげて飛び込んできた。その姿を見ておるいは瞠目《どうもく》した。

「佐太郎さん、どうしたんですか!」

筒袖《つつそで》の胸のあたりにべっとり血が付いている。

佐太郎は、無言のまま土間のすみの水瓶《みずがめ》に歩み寄り、柄杓《ひしゃく》で水を掬《すく》い取ると、ごくごく喉を鳴らして飲み干した。

「まさか、怪我でもしたんじゃ……！」

「これはおれの血じゃない」

いいながら筒袖を脱いで、かたわらの桶盥《おけだらい》に投げ入れると、水瓶の水を注いでじゃぶじゃぶと洗いはじめた。そんな鬼気せまる佐太郎の姿を見て、おるいは慄然《りつぜん》といった。

「人を……、殺してきたんですね」

佐太郎は応えない。黙々と筒袖を洗っている。

「五年前の仇討《かたきう》ちですか？」

「そうだ」

ようやく佐太郎が口をきいた。洗い終えた筒袖をぎゅっと絞って板壁にかけると、雪駄《せった》を脱いで部屋に上がり、おるいの前にどかりと腰を下ろした。上半身は裸である。さらしの腹巻に匕首が差し込まれている。

「大番頭の利兵衛を血祭りに上げてきた」

こともなげに佐太郎がいった。おるいは黙って聞いている。

「死ぬ前に、利兵衛が何もかも吐いた。思ったとおり、岡っ引の弥平次もぐるだ

ったんだ。旦那さまとお嬢さんを殺したのは、鴻之助だ」

「じゃ、その二人も……？」

「生かしておくわけにはいかねえ」

「佐太郎さん」

おるいが切なげな表情でにじり寄った。

「もうこれ以上、血を流すのはやめてください」

「………」

「鴻之助や弥平次を殺したからって、旦那さまやお嬢さまがもどってくるわけでもないし……、それに佐太郎さんだって無事に済むとは思えません。五年前のことは忘れて江戸を出てください」

「江戸を出る？」

「わたしと一緒に江戸を出てください」

「おるい」

意外そうな目で、佐太郎は見返した。

「佐太郎さんの身に万一があったら、わたしは……」

と言葉を詰まらせ、おるいは嗚咽《おえつ》した。佐太郎がそっと肩を引き寄せて、

「おれは死にゃしねえさ」

ささやくようにいうと、おるいの顎《あご》に手を添えて唇を重ねた。

「佐太郎さん」

おるいが狂おしげに佐太郎の裸の胸にすがりつく。そのまま二人は折り重なるように畳の上に転がった。口を吸いながら、佐太郎はゆっくりおるいの帯を解きはじめた。一瞬、おるいは含羞《がんしゅう》の仕草をみせたが、拒《こば》もうとはしなかった。

襟元《えりもと》を押し広げる。白いふくらみがこぼれ出た。思いのほか豊かな乳房である。左手を乳房にあてがい、やさしく揉《も》みしだく。乳首がほんのり薄桃色に染まってゆく。

乳房を揉みしだきながら、乳首を吸った。

「あっ」

おるいの口から小さな声が洩《も》れた。やるせなげに体をくねらせる。着物の下前《したまえ》が乱れ、太股《ふともも》があらわになる。長襦袢《ながじゅばん》のしごきをほどき、着物を引き剝《は》ぎ、腰の物も剝ぎ取る。

全裸である。行灯《あんどん》の薄明かりの中に、白くつややかな裸身が浮かび立った。

思わず佐太郎は息を呑《の》んだ。

犯しがたいほど美しい裸身だ。股間《こかん》に黒々と茂る秘毛が、肌の白さをいっそうきわ立たせている。さすがに恥ずかしいのか、おるいは目を閉じたまま体を硬直させた。

佐太郎の手がはざまにすべり込んだ。

ああ……。

絶え入るような声を発しておるいがのけぞった。佐太郎の指が秘孔に入ったのだ。指先にやわらかい肉ひだの感触が伝わる。中は熱く、しとどに潤んでいる。

秘孔を愛撫《あいぶ》しながら、佐太郎は一方の手で股引《ももひ》きを脱ぎ、下帯をはずした。

すでに一物は硬く屹立《きつりつ》している。体を起こしておるいの両膝《ひざ》を立たせ、その間に腰を入れた。一物の尖端《せんたん》が切れ込みに当たる。おるいがわずかに尻を上げてそれを秘孔にいざなった。つるりと入った。

「ああっ」

体を弓なりにそらせて、おるいは喜悦の声を上げた。佐太郎は忘我の境で腰を律動させた。当然のことだが、佐渡では一度も女と交わることがなかった。五年ぶりの情交である。寸秒もたたぬうちに、体の深部から閃電《せんでん》のように峻烈《しゅんれつ》な快感が突き上げてきた。何度か腰の動きを止めて、必死にこらえてみたが、自制するすべはなかった。

(だめだ!)

あわてて引き抜いた。

五年間溜《た》まりに溜まった欲情が一気に炸裂《さくれつ》し、おびただしい量の淫液《いんえき》がおるいの白い腹に飛び散った。そのままおるいの体におおいかぶさり、佐太郎はぐったりと弛緩《しかん》した。

ややあって、おるいの耳もとで佐太郎がささやくようにいった。

「鴻之助と弥平次を始末したら、おまえを連れて江戸を出るつもりだ」

「本当?」

おるいがぱちりと目を開けた。

「江戸を出て、どこか人里離れた静かな場所で、二人だけでのんびり暮らそう」

「うれしい」

おるいがひしと抱きついてきた。涙がとめどなく流れている。頰《ほお》に伝わるその涙を、佐太郎は指先でやさしく拭《ぬぐ》ってやった。

二

利兵衛の死は、半刻（一時間）もたたぬうちに鴻之助の耳に伝わった。

猿江町代地に住む大工が、空き地に血まみれになって倒れている利兵衛を見つけて番屋に通報し、それを受けて番太郎が『相模屋』に知らせにきたのである。時をおかず、岡っ引の弥平次も駆けつけてきて、『相模屋』の奥座敷は重苦しい空気に領されていた。

「佐太郎の仕業にまちがいねえ」

しばらくして、弥平次がうめくようにつぶやいた。

「身辺にはくれぐれも気をつけるようにいっておいたんですが……」

鴻之助が沈痛な表情でいった。むろん利兵衛もまったくの無防備だったわけではない。外廻りの仕事は手代たちにまかせ、なるべく外出を避けるようにしていたし、帰宅の時間や道すじも毎日変えるようにしていた。それでも佐太郎の襲撃を防ぎ切れなかったのだ。

「ひょっとしたら、佐太郎には助っ人が付いているかもしれねえぜ」

と弥平次がいった。

「助っ人、と申しますと?」

「前にもいったとおり、金で殺し屋を雇ったかもしれねえし、佐太郎の昔なじみが一肌脱いでるのかもしれねえ。いずれにしても……」

陰で佐太郎を支援している人間がかならずいるはずだ、と弥平次は断言した。

確かにお尋ね者の佐太郎が、町奉行所の探索の網の目をくぐって、たった一人で動くには限界がある。少なくとも佐太郎を匿《かくま》っている人間が江戸のどこかにいるはずだ。

「親分さんにはご面倒をおかけいたしますが、引きつづき探索のほうをよろしくお願いいたします」

神妙な面持ちで低頭する鴻之助に、

「抜かりはねえさ。あっしの下っ引どもが地を這《は》うように佐太郎の行方を追ってるからな。そのうちきっといい知らせが飛び込んでくるだろう。それより鴻之助さん」

弥平次がじりっと膝を進めて、小声でいった。

「例の両替屋の株の件だが、目処《めど》が立ちそうですぜ」

「明き株が出るということですか？」

「近々な」

そういってにやりと笑い、

「ま、楽しみに待ってることったな」

と腰の素十手《すじって》を差し直して立ち上がる弥平次を、「親分さん」と呼び止めて、鴻之助は手文庫から五両の金子を取り出すと、料紙につつんで素早く弥平次に手渡した。

「些少《さしょう》ですが、駕籠《かご》代でございます」


昨夕から江戸の空に立ち込めていた分厚い雲が、今朝になってさらに低く垂れ込めはじめた。陽差しがないので、連日の酷暑もいくぶんやわらいだ感じがする。

日本橋北鞘町の両替商『摂津屋』の内儀・おひでが、日ごろ懇意《こんい》にしている京橋の木綿《もめん》問屋の内儀・おみつの病気見舞いに出かけたのは、昼八ツ（午後二時）ごろだった。

その帰途、夕飯の買い物をするために日本橋万町に立ち寄ったところで、急に

大粒の雨が降りだした。あわてて近くの商家の軒下《のきした》に駆け込もうとした瞬間、

「あら！」

と、おひでは足を止めた。運の悪いことに片方の駒下駄の鼻緒がぷつんと切れたのである。やむなく鼻緒の切れた駒下駄を手に下げて軒下に走り込んだ。

同時にザーッと音がして雨脚が強まった。篠《しの》つく雨である。

鼻緒の切れた駒下駄を手に下げながら、おひではうらめしげに灰色の雨空を見上げた。軒端から滝のように雨が流れ落ちている。傘を持って出なかったことが悔やまれた。

しばらく待ってみたが、一向にやむ気配がなかった。

仕方なしに手拭いを引き裂いて、駒下駄の鼻緒をすげ替えようとかがみ込んだとき、おひでの頭上にスッと番傘が差し出された。けげんな目で見上げると、銀《ぎん》鼠《ねず》色の単衣《ひとえ》を着流しにした二十七、八の男が傘をさして立っていた。歌舞伎《かぶき》役者のように色白で端整な面立ちをした男である。

「手が汚れますよ。わたしがすげ替えてあげましょう」

そういって番傘をおひでに手渡すと、男はためらうおひでの手から手拭いの切れ端と駒下駄を受け取り、器用に鼻緒をすげ替えはじめた。おひでは戸惑うよう

に見ている。

「さ、できましたよ」

「ありがとうございます。おかげで助かりました」

「どういたしまして」

微笑《わら》いながら、男は涼やかな目でおひでを見返し、

「失礼ですが、どちらのお内儀さんですか？」

と訊いた。

「北鞘町の両替屋『摂津屋』の家内です。おひでと申します」

「そうですか。わたしは多岐川と申します」

「多岐川さまとおっしゃると、もしや……」

「はい。絵師の多岐川秀扇です」

「まあ」

おひでは思わず目を見張った。いま売り出し中の絵師・多岐川秀扇が目の前にいるのである。わけもなく胸が高鳴った。言葉の接ぎ穂もないままにどぎまぎしていると、

「はじめてお会いした方に、こんなお願いをするのは失礼かと存じますが、もし

よろしければ、絵を描かせていただけませんか？」

秀扇がいった。

「絵を？　……わたしの絵をですか？」

「雨宿りをしているあなたの姿を見て、急に絵心をそそられましてね」

「そんな……」

おひでは頬を赤らめ視線を泳がせた。秀扇が差しかざす番傘に、叩きつけるような雨音がひびいている。

「どのみちこの雨はしばらくやみそうもありません。わたしの家はすぐこの近くですから、雨宿りがてらちょっと立ち寄ってみませんか」

「あ、あの、でも――」

一瞬、おひではためらいの表情をみせたが、

「決してお手間は取らせません。お茶を一服飲んでいるうちに絵は仕上がりますから。ささ、どうぞ」

と秀扇にうながされると、まるで呪縛《じゆばく》にかかったようにそのあとについていった。

次の路地を右に曲がり、半丁ほど行ったところに秀扇の家があった。

黒板塀《いたべい》をめぐらした瀟洒《しょうしゃ》な一軒家である。

網代《あじろ》門から玄関までは玉砂利がしかれ、玄関のわきには枝ぶりのよい五葉松《ごようまつ》と呉竹《くれたけ》が植えられている。雨に濡れた松の葉と呉竹の笹葉が、いかにも絵師の家らしい、しっとりとした風情をかもし出していた。おひでは居間に通された。八畳の畳部屋である。男所帯にしては小ぎれいに片づいている。

「まずは、お茶でもどうぞ」

秀扇が茶を入れてきた。

「ありがとうございます」

一礼して、おひでは湯飲みを取った。おひでが茶を飲んでいるあいだに、秀扇は奥の部屋から絵の具箱と紙を持ってきて、

「そのままお茶を飲んでいてください。わたしは勝手に描かせてもらいます」

絵の具箱の中から数本の絵筆を取り出して一本を手に取ると、秀扇は残りの筆を口にくわえ、畳の上に広げた紙の上にさらさらと筆を走らせはじめた。

糸を引くような白い雨。

商家の軒先で雨宿りする内儀ふうの女。

鮮やかな藤色の江戸小紋を着たその女は、裳裾《もすそ》の濡れを気にするように、さり

げなく褄《つま》を取っている。そんな構図の絵である。

秀扇は一言も口を利《き》かず、何かに取り憑《つ》かれたように黙々と筆を走らせている。


雨がやんで、雲の切れ間から薄日が差してきた。

路地のあちこちにできた水たまりに、きらきらと陽光が映えている。

バシャッと泥水をはね上げながら、ぬかるんだ路地を走ってゆく男がいた。口《くち》髭《ひげ》を生やした二十五、六の男——先日、おひでとおるいのあとを尾《つ》けていたあの男である。

男は青物町の東はずれの自身番屋に飛び込んだ。中で茶をすすっていた男が、

「どんな塩梅《あんばい》だ？」

と振り向いた。岡っ引の弥平次である。

「へい。そろそろ親分の出番のようで」

男が応えた。この男は弥平次の下っ引で、甚八《じんぱち》という。

「よし」

うなずいて弥平次が腰を上げた。

二人が向かったのは、多岐川秀扇の家だった。玄関の引き戸を開けて中に入ると、奥から秀扇が出てきて、無言で二人を居間に案内した。

「よく眠ってるな」

部屋に入るなり、弥平次はにやりと笑っていった。

おひでが畳の上にぐったりと横たわっている。帯が半分ほど解かれ、着物の襟元や下前があられもなく乱れて、白い肌が露出していた。

「曼陀羅華《まんだらげ》の効果はてきめんでしたよ」

秀扇が抑揚のない声でいった。先刻とはまるで別人のように冷徹な表情である。

曼陀羅華とは、朝鮮アサガオの別名で、種子や葉に神経を麻痺《まひ》させる成分があり、眠り薬や麻酔《ますい》薬として使われた。秀扇はその曼陀羅華を茶に入れておひでに飲ませたのだ。

余談だが、江戸後期の外科医・華岡青洲《はなおかせいしゅう》が考案した麻沸散《まふつさん》という麻酔薬にも、曼陀羅華が主薬として使われている。

「ところで、絵は描き上がったのかい？」

弥平次が訊いた。

「はい」

うなずいて、秀扇は一枚の絵を差し出した。それを見て、弥平次と甚八は思わず顔を見交わし、卑猥《ひわい》な笑みを浮かべた。

なんとその絵は男女の睦《むつ》み合いを描いた〝あぶな絵〟（春画）だった。

絵に描かれた女は、襟元を大きく広げて男に乳房を吸わせている。男は乳房を吸いながら女の着物の下前をたくし上げ、むき出しになった女の秘所に一物を突き入れている。喜悦の表情でのけぞっている女が、おひでであることは一目瞭《りょう》然《ぜん》だった。顔の輪郭《りんかく》、眉《まゆ》の形、切れ長な目、長い睫毛《まつげ》、小さな唇、喉もとの黒子《ほくろ》、どれ一つとっても細密な筆致でそっくりに描かれている。

「ふふふ、さすがは多岐川秀扇だ。よく描けてるじゃねえか」

「ありがとうございます」

「約束の金だ」

といって、弥平次は十両の金を秀扇に手渡した。いうまでもなく、その十両は『相模屋』から出た金である。

「すまねえが、四、五日江戸を離れて、品川あたりで遊んできてもらえねえかい」

「かしこまりました。では」

一礼して、秀扇は出ていった。それを見送って弥平次は居間にもどり、あられもない姿で眠り込んでいるおひでを、舌なめずりしながら見下ろした。

「いい女だ。このまま牢に送っちまうのはもったいねえぜ」

「眠っているあいだに、いただいちまったらどうですかい？」

甚八が薄笑いを浮かべていった。

「そうはいかねえ。この女は大事な金づるだ。おれが手を出したら値打ちが下がっちまうからな。ここは我慢のしどころよ」

いいながら、弥平次は畳の上にどかりと腰を下ろした。

ややあって、おひでがふっと目を開け、けげんそうにあたりを見廻した。

「お目覚めのようだな」

弥平次の声を聞いて、おひではは弾じけるように起き上がった。着物の乱れに気づいてあわてて身づくろいをし、怯《おび》えるように後ずさった。

「誰！　あなた方は誰なんですか！」

「こういう者よ」

やおら素十手を引き抜いて、おひでの眼前に突き出した。おひでの顔が硬直した。

「ちょいと詮議《せんぎ》の筋があってな」

「詮議！」

そのときはじめて、おひでは秀扇の姿が見当たらないことに気づいた。

「多岐川さんは、……多岐川秀扇さんはどこにいるんですか？」

「秀扇なら番所で町方の取り調べを受けてるぜ」

「ご番所で？　いったいどういうことなんですか？」

「へへへ、とぼけちゃいけやせんぜ、お内儀さん。人目を忍んでこの部屋で秀扇としっぽり濡れてたんじゃねえんですかい」

「ま、まさか、そんな……！」

「これが動かぬ証拠よ」

と突きつけたのは例の春画である。あまりにも卑猥なその絵を見て、驚くより先に、おひでは顔から火が出るほど激しい羞恥《しゅうち》を覚えた。絵に描かれた女が自分にそっくりだったからである。

「不義密通は天下のご法度だ。番屋まできてもらうぜ」

十手をひけらかしながら、弥平次は精一杯凄《すご》んでみせた。おひでは金縛りにあったようにすくみ上がった。恐怖で体が激しく震えている。

三

日本橋石町の時の鐘が殷々《いんいん》と鳴りひびいている。

暮六ツ（午後六時）を告げる鐘である。

すでに店じまいをした両替商『摂津屋』の奥座敷では、主人の彦次郎と番頭の久兵衛《きゅうべえ》が重苦しい表情で茶を飲んでいた。

おひでが京橋の木綿問屋『大野屋《おおの》』の内儀・おみつの病気見舞いに出かけたのは、昼八ツごろである。それから二刻（四時間）がたつのに、おひではまだもどってこない。

念のために『大野屋』にも手代を走らせたのだが、おひでは見舞いの品を置いてすぐに帰ったという。土砂降りの雨が降りだしたのは、その直後だった。

「どこかで雨宿りをしているうちに、つい長居をしてしまったのでは……」

という久兵衛の言葉を受けて、奉公人たちに心当たりを片っ端から当たらせたのだが、やはり所在はつかめなかった。何か悪いことにでも巻き込まれたか、不測の事故でも起きたのか。時の経過とともに彦次郎と久兵衛の胸に不安がつのっていった。

西の障子窓にはほんのりと残照がにじんでいる。部屋の中はまだ行灯の灯《ひ》が必要なほどの暗さではなかった。彦次郎は飲み終えた茶碗《ちゃわん》を盆にもどすと、気を取り直すように障子窓を引き開け、暮れなずむ空を見上げながらぽつりといった。

「そろそろ芝居小屋がはねるころだね」

「え？」

久兵衛はけげんそうな目を向けたが、すぐにその言葉の意味を理解した。

「木挽町《こびきちょう》の芝居小屋に立ち寄ったとおっしゃるんで？」

木綿問屋『大野屋』から木挽町五丁目の芝居町までは指呼《しこ》の距離である。

「おひでは森田《もりた》座の芝居が好きだったからね。ひょっとすると、雨宿りがてら芝居見物をしているのかもしれない」

「旦那さま、きっとそうでございますよ。手代の新助を迎えにやらせましょうか」

「いや」

と彦次郎は首を振った。

「子供じゃないんだからね。わざわざ迎えに行かなくても、芝居がはねたら帰ってくるだろう。それより番頭さん、今日の帳簿を見せてくれないかい」

「かしこまりました」

と立ち上がったところへ、手代の新助が顔をのぞかせ、

「旦那さま、南のご番所の西尾さまがお見えになりましたが」

「西尾さまが？」

例の上納金の話だろうと思い、彦次郎はやれやれといった顔でうなずいた。

「わかった。客間にお通ししなさい」

「はい」

「番頭さん、帳簿はあとでいいですよ」

といいおいて、彦次郎は部屋を出て、客間に向かった。

「お待たせいたしました」

一礼して客間に入ると、西尾半蔵がぎろりと一瞥《いちべつ》して、いきなりこう切り出した。

「大変なことになったぞ、摂津屋」

「何のことでございましょう」

「内儀が小伝馬町の牢に入れられた」

「ま、まさか！」

彦次郎は我が耳を疑った。一瞬「悪いご冗談を」といいかけたが、西尾の威圧的な眼差しにたじろいで、その言葉を呑み込んだ。

「嫌疑は不義密通だ」

さらに信じられない言葉が、西尾の口から発せられた。鈍器でぶちのめされたような激しい衝撃が、彦次郎の体をつらぬいた。

「お、おひでにかぎって、そんな……。何かの間違いでは！」

声が上ずった。

「あいにくだが、これは事実だ。多岐川秀扇と内儀が相傘《あいがさ》で歩いているところを見たという者がいる。雨がやむまでの一刻あまり、二人は秀扇の家で過ごしたそうだ」

「し、しかし、それだけで不義密通と決めつけるわけには……」

「むろん、それだけではない」

はねつけるように、西尾がいった。そしてふところからおもむろに折り畳んだ紙を取り出すと、彦次郎の前に広げた。例の春画だった。

「岡っ引が秀扇の家に踏み込んだところ、こんなものが見つかったのだ」

「………」

彦次郎は絶句した。目をそむけたくなるような淫《みだ》らな絵である。しかも絵に描かれている女はおひでに酷似していた。いかな絵師でも、想像力だけでこれほど生々しく、これほどそっくりに描けるわけはない。

「しかも、この絵を描いた秀扇自身が内儀との密通の事実を認めているのだ」

とどめを刺すように、西尾はそういった。彦次郎の膝ががくがくと音を立てて震えた。もはや西尾の言葉を疑ういかなる根拠も見つからなかった。全身の血が凍りつき、底のない闇に落ちてゆくような錯覚にとらわれた。

江戸時代の法律は儒教《じゆきよう》思想に基づいているので、とりわけ男女間の倫理《りんり》に関しては厳しかった。井原西鶴《いはらさいかく》の『好色五人女』のモデルとなった天和《てんな》三年（一六八三）のおさん・茂兵衛《もへえ》の密通事件では、手代の茂兵衛は獄門《ごくもん》、主人の妻のおさんは磔《はりつけ》に処せられている。

その後、死罪は酷刑にすぎるというので労役刑に軽減され、密通を犯した女は吉原遊廓《ゆうかく》に年季なしの奴《やっこ》女郎として下げられるようになったが、それでも女にとっては、生きながら地獄に落とされるようなものだった。かくも不義密通とは大罪なのである。

「いずれ奉行所から通達がくるはずだが、その前におまえの耳に入れておいたほうがよかろうと思ってな。用件はそれだけだ」

冷やかにそういうと、西尾はゆっくり腰を上げた。

「西尾さま！」

彦次郎が必死の形相で呼び止めた。

「西尾さまのお力でなにとぞ、なにとぞ、おひでを助けてやってくださいまし」

「助ける？」

「おひでは不義を働くような女ではございません。きっと秀扇という男にたぶらかされたのです。わたしはおひでを信じております。『摂津屋』の身代をかけてでもおひでを助けてやりたいのです。どうかお力をお貸しくださいまし。お願いいたします」

「そうか」

にやりと笑って、西尾はふたたび腰を下ろした。

「『摂津屋』の身代をかけるか」

「手前ども両替商は信用が第一でございます。おひでが吉原の奴女郎に下ろされるようなことになれば、世間さまからは白い目で見られ、『摂津屋』の信用も地に堕ちて、どのみち商《あきな》いは成り立たなくなるでしょう。それを思えば身代をかけてでもおひでを助け出したほうが……」

　絞り出すような声で、彦次郎がいった。

「なるほど、それも理屈だな」

　西尾の顔に狡猾《こうかつ》な笑みがにじんだ。

「おまえにその覚悟があるなら、一つだけ方策はある」

「ございますか！」

「すぐに店を閉めて、『摂津屋』の両替株を九鬼さまに返上することだ」

「手前どもの株を……？」

「内儀を助け出す策は、それしかあるまいな」

「…………」

「ま、返答はいますぐでなくてもよい。腹が決まったらわしに知らせてくれ」

　そういい残して、西尾は部屋を出ていった。両手をついて見送る彦次郎の目にきらりと疑念がよぎった。西尾の要求が金子ではなく、なぜ株なのか？　しかも、その株を年番方与力の九鬼十左衛門に返上しろという。それが不審だった。

その夜、五ツ半（午後九時）ごろ。

小伝馬町牢屋敷《ろうやしき》前の差し入れ屋『巴屋』の裏口から、人目をはばかるようにこっそりと中へ入っていく武士の姿があった。南町奉行所の年番方与力・九鬼十左衛門である。

番頭の案内で、九鬼は奥の客間に通された。そこでは『巴屋』のあるじ・茂兵衛と四十年配の大柄な武士が酒肴《しゅこう》の膳部《ぜんぶ》を前にして酒を酌み交わしていた。

「お待ちしておりました。どうぞ、おかけくださいまし」

茂兵衛が低頭して、九鬼を酒席にうながすと、先着の武士にちらりと目をやって、

「こちらは藪田さまの後任の鏑木《かぶらぎ》さまでございます」

と紹介した。藪田伍兵衛が唐十郎に殺害されたあと、物書役から牢屋同心に昇格したばかりの古参同心・鏑木平助《へいすけ》である。

「鏑木と申します。以後、お見知りおきのほどを」

「九鬼と申す」

軽く会釈《えしゃく》して膳部の前に腰を下ろすと、九鬼はふところから紙包みを二つ取り

出して、茂兵衛と鏑木の前に置いた。

「つい先ほど『相模屋』の使いの者がこれを届けにきた。おぬしたちへの礼金だ」

「お心づかい痛み入ります」

「では、遠慮なく」

といって、二人は紙包みを取った。

「一両日中には『摂津屋』から返答がくるだろう、と西尾が申しておった。鏑木どの、その節はよろしく頼みますぞ」

「心得てございます」

鏑木が老獪《ろうかい》な笑みを浮かべてうなずく。

しばらく酒の献酬《けんしゅう》がつづいたあと、九鬼が何やら意をふくんだ目で鏑木を見やり、

「ところで鏑木どの、『摂津屋』の内儀はなかなかの美人だと聞いたが、牢内ではどんな様子かな」

と訊いた。

「女部屋には常時三十人ほどの女囚がおりますが、近頃、あれほどの美形を見た

ことはございません。まさに掃き溜めに鶴《つる》といったおもむきでございます」

「そうか。それは楽しみだな」

九鬼の顔に好色な笑みがわいた。それを見て茂兵衛が、

「では、そろそろまいりましょうか」

と二人をうながして腰を上げた。

三人が向かったのは、『巴屋』の前の牢屋敷だった。鏑木が先に立って九鬼と茂兵衛を門内に案内する。表門をくぐると左手に長大な練塀《ねりべい》がつらなっており、その塀を境にして監房と役所が分かれている。正面に見える玄関（これを牢屋では広間と呼んでいる）が役所の入り口で、中には同心の詰所や穿鑿所《せんさくじょ》、物書所、薬煎所《やくせんじょ》などがある。

塀にそってさらに奥に歩を進めると、突き当たりに小さな建物が見えた。宿直の牢屋同心が詰める張番所である。

鏑木は張番所の板戸を引き開けて二人を中に招じ入れた。

中に入ると三坪ほどの落間があり、その奥は十畳ほどの板間になっていた。板間の右奥に六畳の畳部屋があり、布団が積んであった。宿直の牢屋同心が仮眠をとる部屋である。

「ただいま連れてまいりますので、ここでお待ちください」

板間の左手に設けられた腰掛けに二人をうながすと、鏑木は足早に張番所を出ていった。

「なるほど、ここで女囚たちが売り買いされているというわけか」

つぶやきながら、九鬼が部屋の中を見廻した。

部屋の四隅の掛け燭《じょく》がほの暗い明かりを散らしている。周囲は板壁である。むろん調度類はいっさいない。がらんとした陰気で殺風景な部屋だ。

「手前もはじめて足を踏み入れましたが……」

茂兵衛が苦笑まじりにいった。

「女を抱くには、あまり色っぽい部屋とはいえませんな」

「ふふふ、それがかえって男の欲情をそそるのかもしれんぞ」

そんなやりとりをしているうちに、表に足音がひびき、板戸が引き開けられた。

鏑木が引き連れてきたのは、薄鼠《うすねず》色のお仕着《しきせ》（獄衣）を着せられ、うしろ手にしばられたおひでだった。口には細引《ほそびき》で猿ぐつわが嚙まされている。

おひでを板間に引き据えると、鏑木は九鬼のほうを振り返って、

「牢内で女囚の吟味《ぎんみ》をするさいには、いろいろと責め手がございましてね。それを一つごらんに入れましょうか」

「ほう、それは見ものだ。ぜひ」

といって、九鬼はごくりと生唾《なまつば》を飲み込んだ。

「では」

一揖《いちゆう》して、鏑木は壁に掛けてあった縄束《なわたば》を手に取った。

牢屋敷で使われる縄は、三河国宝蔵寺《みかわのくにほうぞうじ》産の麻《あさ》を米酢《こめず》で半刻（一時間）ほど煮てから乾燥させ、それを木槌《きづち》で打ってしなやかにし、紺色に染めて組み編んだものである。

町奉行所で使われる捕縄の色は白だが、牢屋敷の責め縄は紺色と決められていた。長さはおよそ五尋《ひろ》（約七・五メートル）である。

おひでのかたわらに片膝をつくと、鏑木はまるで菰《こも》包みの荷を解くような手ぎわのよさで、おひでのお仕着を引き剝いだ。お仕着の下は何も着けていない。全裸である。自殺をふせぐために紐《ひも》のついた襦袢や腰巻はいっさい着けさせないのだ。

九鬼は思わず身を乗り出して、おひでの裸身に見入った。目にしみるほど肌が匂《にお》い立つ。豊満な乳房、くびれた腰、肉《しし》づきのよい太股、女盛りの色香がむんむんと白い。

鏑木は慣れた手つきで、おひでの裸身に縄をかけはじめた。まず首に縄をかけて縄尻《なわじり》を背中に垂らし、両手首の縄に垂直に結びつける。これを首縄《くびなわ》という。それから上体にぐるりと縄を廻して両腕の肘《ひじ》をしばり、背中で首縄に結びつける。縦にかけた首縄と横にかけた肘縄が背中で十文字に交差するので、この緊縛《きんばく》法を十文字縄といった。

責め縄が肌に食い込むたびに、細引で猿ぐつわを嚙まされたおひでの口から、かすかに呻吟《しんぎん》の声が洩れた。九鬼はいたたまれぬように立ち上がって、おひでの前に廻り込み、ねぶるような目で裸身をながめ廻した。白い喉もとに首縄がかけられ、横にかけられた肘縄が乳房に食い込んでいる。

「ふふふ、女の責め姿というのも色っぽいものよのう」

つぶやきながら、九鬼はまたごくりと生唾を飲んだ。おひでは恥辱に耐えるように固く目を閉じている。

「次に〝座禅《ざぜん》ころがし〟という責め手をごらんにいれましょう」

そういうと、鏑木はおひでの前にかがみ込み、両足をつかんであぐらを組ませた。交差した両足首を左右の太股の付け根に載せ、座禅を組んだ形にする。こうすると組み合わされた両足は絶対にほどけないのだ。

鏑木は立ち上がって、おひでの背後に立ち、背中をぐいと押しやった。

ごろん。

と、おひでの体が前のめりに倒れる。両手を背中でしばられ、両足は座禅に組まれているので、額と両膝の三点だけで体を支える恰好《かっこう》になる。尻が高々と浮き上がった。この形にされると自力では起き上がれず、顔を上げて相手を見ることもできない。この責め手を牢内では〝座禅ころがし〟と称していた。

「どうぞ、うしろからごらんください」

と鏑木がいった。うながされるまま、九鬼はおひでの背後に廻った。尻を突き上げた恰好で前に倒されているために、後門も前門も丸見えである。女にとっては恥辱のきわみともいうべき姿だ。

「ほう、こりゃたまらんのう」

九鬼の目が淫獣《いんじゅう》のようにぎらついた。

「手前どもはしばらく座をはずします。どうぞ、ごゆるりとお楽しみください」

薄笑いを浮かべながら、茂兵衛と鏑木は張番所を出ていった。それを見送るやいなや、九鬼はもどかしげに袴《はかま》の紐を解いて脱ぎ捨てると、着物の裾をたくし上げて帯にはさみ、下帯をはずした。猛々しく怒張した一物が飛び出る。黒光りした巨根である。それを指でしごきながら、おひでの背後に両膝をついた。

尻の割れ目から薄桃色の切れ込みが見える。そこに一物の尖端をあてがい、二度三度上下にこすりつけて一気に挿入した。猿ぐつわを嚙まされたおひでの口から、悲鳴とも嗚咽ともつかぬ声が発せられた。尻の肉がわずかに痙攣《けいれん》している。

九鬼は犬のように息を荒らげながら腰を振った。一物を出し入れするたびに淫《いん》靡《び》な音が立つ。九鬼の息づかいがさらに荒くなり、しだいに昇りつめていった。

「うおーッ」

雄叫《おたけ》びのような声を発して、九鬼は果てた。


千坂唐十郎に『大黒屋』宗兵衛から呼び出しがかかったのは、それから二日後の昼ごろであった。言伝てを持ってきたのは番頭の与平である。

唐十郎はすぐに身支度をととのえて、日本橋堀留の料亭『花邑《はなむら》』に向かった。

『花邑』は日本橋界隈《かいわい》で一、二を争う老舗《しにせ》の高級料亭である。唐十郎も過去に二度ばかり行ったことがある。その『花邑』に宗兵衛がわざわざ一席を設けたということは、よほど差し迫った話があるにちがいなかった。

「いらっしゃいまし。どうぞ」

格子戸を開けて中に入ると、奥から顔見知りの仲居が出てきて、唐十郎を二階座敷に案内した。中庭に面した八畳ほどの座敷である。豪華な昼食の膳部がしつらえてあり、宗兵衛が神妙な面持ちで待ち受けていた。

「お運びいただきまして恐縮でございます」

「何か急用でもできたか」

唐十郎が膳部の前にどかりと腰を据えると、

「話は食事をしながらゆるゆると……、どうぞ、お召し上がりください」

宗兵衛は食事をすすめながら、自分も汁椀《しるわん》をとって一口すすり、

「実は、千坂さまにもう一つ別の〝裏公事《くじ》〟をお願いしたいと存じましてね」

といった。

「別の〝裏公事〟?」

「北鞘町の両替商『摂津屋』が廃業したという話はご存じですか」

「いや」

箸《はし》を運びながら、唐十郎は首を振った。

「それがどうかしたのか？」

「昨夜遅く、『摂津屋』のご主人がたずねてまいりましてね」

いつになく硬い表情で、宗兵衛はそのいきさつを語った。それによると、昨夜四ツ（午後十時）ごろ、『摂津屋』の主人・彦次郎が『大黒屋』をたずねてきて、急に店を閉めることになったので挨拶《あいさつ》にきたという。宗兵衛が驚いてその理由《わけ》をたずねると、

「詳しいことは申し上げられませんが、家内が起こした不始末を内々に処理するために店を閉めることになったのです。『大黒屋』さんには長いあいだお世話になりましたが、何のご恩返しもできず申しわけございません。また日をあらためて御礼にうかがいますので、今夜のところはこれで失礼いたします」

彦次郎はそういって早々に帰っていった。不審に思った宗兵衛は、翌日『稲葉屋』の重蔵に仔細《しさい》を調べさせた。その結果、内儀のおひでが不義密通を働いて小伝馬町の女牢に入れられたことがわかったのである。

「『摂津屋』さんは、おかみさんを牢から出すために店を手放したのです」

「で、内儀は放免になったのか？」

「はい。昨日の朝、無事にご赦免になったそうで」

「似たような手口だな。『上総屋』の清之助や『鳴海屋』の徳太郎の件と……」

飯を口に運びながら、唐十郎がぼそりとつぶやいた。

「『摂津屋』のおかみさんのことは、手前もよく存じております。貞淑でつつましやかで、ご亭主の彦次郎さんとは近所でも評判のおしどり夫婦でした。あのおかみさんが不義密通を働くなんて、手前にはとても信じられません。千坂さまのご推察どおり、おそらく誰かにはめられたのでしょう」

「その誰かに思い当たるふしはないのか？」

「ございます」

宗兵衛がきっぱりといった。

「九鬼さまの息のかかった者の仕業ではないかと」

「九鬼？」

「この春、南のご番所の年番方与力に就《つ》かれたばかりの九鬼十左衛門さまです。その九鬼さまから両替商の株仲間一軒につき毎年一両の上納金を納めるよう申しつけられていたそうですが、『摂津屋』さんはそれを断ろうとしておりました」

「なるほど、それで九鬼ににらまれたか」

「もし、そうだとすると、わたしにもいささか負い目がございましてね」

急に声の調子を落として、宗兵衛はうつむいた。

「負い目、というと――？」

「先日、その上納金の件で『摂津屋』さんから相談を受けたんです。素直に払うべきか断るべきか」

「それで……？」

「上納金といっても賄賂《まいない》同然の金ですからね、わたしは断るべきだと申し上げました。いまとなってみれば、それが悔やまれます。……で、せめてもの罪ほろぼしに『摂津屋』のおかみさんを罠《わな》にはめた者を、千坂さまに成敗していただきたいと思いまして」

「わかった。その〝裏公事〟引き受けよう」

即座に唐十郎が応えた。

「ありがとうございます。これは先だってお願いした仕事とは別口でございますので、仕事料も別に払わせていただきます。四両でいかがでございましょうか」

「十分だ」

「では、手付けの二両を」

紙入れから小判を二枚取り出して、唐十郎の膝前に置いた。

「一つだけ訊くが、『摂津屋』の内儀が密通したという相手は何者なのだ？」

「目下、重蔵さんが調べておりますので、わかりしだい千坂さまのお宅へお知らせに上がると思います」

「そうか。では、それを待つとしよう」

宗兵衛は一両日中に調べがつくだろうといったが、一日も待たぬうちに、重蔵が耳よりな情報を持って唐十郎の家にやってきた。

「さすが下座見《げざみ》の重蔵だ。仕事が早いな」

唐十郎にそういわれて、重蔵は照れ笑いを浮かべながら、『摂津屋』の内儀の密通相手がわかりやしたよ、といった。

「何者なんだ？」

「いま売り出し中の絵師でさ。名前は多岐川秀扇。歌舞伎の和事《わごと》役者のような男前でしてね。若い娘から年増のかみさん連中まで、そりゃもう大変な人気でして」

「そいつが『摂津屋』の内儀をたぶらかしたというわけか」

「へい。三日前でしたかね、土砂降りの雨が降ったのは——」

「ああ」

「ちょうどそのとき、日本橋万町の路地を、相合い傘で歩いてた二人を見かけたって者がいるんで……。ところが妙なことに、『摂津屋』の内儀が捕まった直後、秀扇はぷっつり姿を消しちまってるんですよ」

「姿を消した？」

　唐十郎の目がきらりと光った。

「行方はわからんのか」

「秀扇の絵を買い入れている絵草子屋《えぞうし》の話によると、しばらく品川のほうに行くといっていたそうで。おそらく飯盛旅籠《めしもりはたご》にでも泊まって、ほとぼりが冷めるのを待ってるんじゃねえでしょうか」

「よし」

　とうなずいて、唐十郎が立ち上がった。

「品川に行ってみるか」

「これからですかい？」

「まだ陽が高い。いまから向かえば六ツ（午後六時）ごろまでには着くだろう。おまえもくるか？」

「へい。お供いたしやす」

四

江戸日本橋から二里（約八キロ）の旅程にある品川宿は、目黒川《めぐろがわ》を境にして北（江戸寄り）から歩行新宿《かちしんじゅく》、北品川宿、南品川宿と三つの区域に分かれていた。

「品川の宿に遊女多し。旅人の通るとき、手洗いける女の走り出て、招《ま》ね留《と》むる」

と『東海道名所記《とうかいどうめいしょき》』にあるように、品川宿には飯盛女（宿場女郎）を抱える旅籠屋が五百軒以上あり、最盛期には千五百人もの飯盛女がいたという。とくに北品川宿は吉原遊廓を彷彿《ほうふつ》とさせる高級な妓楼が軒をつらね、抱えている飯盛女たちも妓品が高く、

「みな江戸前の玉（女）なれば、常に大江戸雅客《がかく》の遊び所也」

であったという。つまり北品川宿の宿泊客の大半は江戸からの遊び客なのである。

千坂唐十郎と稲葉屋重蔵が北品川宿に着いたのは、六ツを少し廻ったころだった。唐十郎は塗笠《ぬりがさ》をかぶり裁着袴《たっつけばかま》、重蔵は紺の半合羽《はんがっぱ》に縞《しま》の単衣《ひとえ》、浅黄《あさぎ》色の股

引きという旅姿である。

　西の空にはまだ薄明《はくみよう》がにじんでいたが、すでに軒行灯に明かりをともしている旅籠屋もちらほらと散見できた。宿場通りは今夜の宿りを求める上り下りの旅人や、江戸からの遊客などで混雑し、旅籠屋の店先では赤い前掛け姿の留め女たちが甲高い声を張り上げて、客の奪い合いをしている。

「旦那」

　先を行く重蔵が足を止めて振り返った。

「旦那はあの店で待っててておくんなさい」

　と指さしたのは、旅籠街の路地角にある小さな煮売屋である。

「あっしが秀扇を捜してきやす」

「手間がかかりそうか」

「なに、相手は売れっ子の絵師ですからね。すぐ見つかるでしょうよ」

　いいおいて、重蔵は小走りに人混みの中へ消えていった。

　塗笠の下からそれを見送ると、唐十郎は煮売屋ののれんをくぐって中に入った。
　五、六坪ほどの小さな店である。

酒を呑むにはまだ時刻が早いせいか、客の姿はなかった。店の亭主の女房らしき中年女に冷や酒二本と香の物を注文して、戸口近くの席に腰を下ろした。

——おしどり夫婦か。

運ばれてきた酒を手酌で呑んでいるうちに、唐十郎の脳裏に卒然《そつぜん》と『大黒屋』宗兵衛の言葉がよぎった。

「『摂津屋』のおかみさんのことは、手前もよく存じております。貞淑でつつましやかで、ご亭主の彦次郎さんとは近所でも評判のおしどり夫婦でした。あのおかみさんが不義密通を働くなんて、手前にはとても信じられません」

宗兵衛はそういったが、不義密通の嫌疑をかけられた内儀が牢から出たあと、果たして夫婦仲はうまくいくだろうか、と唐十郎は危惧《きぐ》した。

牢屋同心の藪田伍兵衛を刺そうとしたお島という女は、小伝馬町の牢内で旗本どもに凌辱《りようじよく》されたあげく、出牢したあと亭主に離縁されている。ひょっとしたら『摂津屋』の内儀も牢内で同じような目にあわされたかもしれない。仮にそういう事実があったとすれば、亭主の彦次郎は敏感にそれを感じるだろう。

(お島の二の舞にならなければよいが……)

猪口をかたむけながら、ぼんやりそんなことを考えていると、ふいに、

「旦那」

と声がして、重蔵が入ってきた。

「どうだ？　見つかったか」

「へい。すぐにわかりやしたよ」

といって、重蔵は唐十郎の前に腰を下ろした。

「野郎は『蔦屋《つたや》』って飯盛旅籠に流連《いつづけ》を決め込んで、毎晩のように大盤振る舞いをしてるそうで」

「まだしばらくその旅籠にいつづけるつもりか」

「いえ」

と重蔵はかぶりを振った。

「さすがに女遊びには飽きたらしく、江戸にもどるそうです。いま身支度をととのえてるところだと『蔦屋』の留め女がいっておりやした」

「そうか」

猪口の酒を一気に呑みほすと、唐十郎は卓の上に酒代を置いて、重蔵をうながして煮売屋を出た。表はさっきよりいくぶん薄暗くなり、人の往来も増えていた。

飯盛旅籠『蔦屋』は、北品川宿と歩行新宿の境の辻角にあった。二階建ての大きな旅籠屋で、窓には紅殻《べんがら》格子がはめ込まれ、旅籠屋というより遊廓の妓楼といったおもむきであった。

唐十郎と重蔵は『蔦屋』の向かい側の辻角にたたずんで、『蔦屋』に出入りする客たちの様子をうかがった。ほどなくして、桔梗《ききよう》色の絽羽織《ろばおり》に派手な鬱金《うこん》の小袖をまとった色白のやさ男が、仲居や女中たちに賑々《にぎにぎ》しく送られて姿を現した。

「やつが多岐川秀扇です」

重蔵が小声でいった。唐十郎は無言でうなずくと、塗笠のふちをぐいと引き下ろして、辻角から歩を踏み出した。すかさず重蔵もあとにつく。

宿場通りの人混みの中を、秀扇はのんびりした足取りで北に向かって歩いてゆく。その五、六間後方を唐十郎と重蔵が尾けてゆく。

しだいに宿場通りの明かりが増えて、あちこちから賑やかな三味《しやみ》の音や高歌放吟、女の嬌声《きようせい》などがひびきはじめた。歩行新宿の北はずれで、秀扇はふと足を止めて未練がましく宿場通りを振り返ったが、思い直すように首を二、三度振ってふたたび歩きはじめた。

街道の右は品川の海である。

家並みのあいだから、潮の香をふくんだ湿っぽい風が吹き寄せてくる。

いつの間にか東の空に白い月がぼんやり浮かんでいた。

歩行新宿を抜けたあたりから、急に人影がまばらになり、四辺には物寂しい静寂がただよいはじめた。歩行新宿の先は八ツ山下《やました》である。街道の左手に見える小高い山が八ツ山（一名・大日山《だいにちざん》）で、その麓《ふもと》一帯を八ツ山下と俚称《りしょう》した。

「旦那、ぼちぼち……」

八ツ山下にさしかかったところで、重蔵が菅笠の下からあたりの様子をうかがいながら唐十郎に低く声をかけた。街道の人影はほとんど絶えて、先を歩いているのは秀扇だけである。唐十郎は無言でうなずくと、歩度を速めてぐんぐん秀扇の背後に迫り、

「待て」

と呼び止めた。秀扇がぎくりと歩を止めて振り返った。

「多岐川秀扇だな？」

「はい。あなた方は——」

警戒するような目で、秀扇は二人を見た。

「『摂津屋』に縁のある者だ」

「！」

秀扇の顔から血の気が引いた。口元をわなわなと震わせながら「どなたかの間違いではないでしょうか」ととぼけて見せた。

「白《しら》ばっくれるんじゃねえ。手前《てめえ》が『摂津屋』の内儀をたぶらかしたことはわかってるんだぜ、秀扇」

重蔵が凄んだ声で一喝すると、秀扇はふいに身をひるがえして逃げ出そうとした。が、それより速く唐十郎の手が伸びて、秀扇の襟首をむんずとつかんで引きもどした。

「ら、乱暴はおやめください！」

秀扇が女のように甲高い声を張り上げた。

「正直にいえ。『摂津屋』の内儀を罠にはめたのは貴様だな？」

問い詰めながら、唐十郎は秀扇の襟首をぐいぐい締め上げた。白目を剝いて苦《く》悶《もん》する秀扇に、唐十郎は切り込むように同じ問いを突きつけた。

「貴様だな！」

「は、はい」

「誰の差し金だ？」

「い、息が……できません。……て、手をゆるめてください」

ぜいぜい喉を鳴らしながら、秀扇が懇願する。唐十郎は少し手をゆるめた。ふうっと肩で大きく息をつくと、秀扇は声を震わせていった。

「ふ、冬木の弥平次親分です」

「弥平次？　……岡っ引の弥平次か」

「はい」

「金で頼まれたのか」

「はい。十両で『摂津屋』の内儀の〝あぶな絵〟を描いてもらえないかと」

「その金の出所はどこだ？」

「そこまでは……、手前も……」

「知らぬか」

「弥平次親分にいわれたとおりにやっただけで、手前は本当に何も知らないのです。どうかお見逃しを」

いまにも泣きだしそうな顔で、秀扇は哀願した。

「よし。見逃してやろう」

唐十郎が手を放すと、秀扇はパッと跳びすさり、

「あ、ありがとうございます」

深々と頭を下げてクルッと背中を向けた。その瞬間、

「と思ったが、やはり見逃すわけにはいかん」

いいざま、抜く手も見せず唐十郎は刀を鞘走《さやばし》らせた。右袈裟《みぎげさ》の一刀である。

悲鳴を上げて秀扇はのけぞった。切り裂かれた着物の下からざっくり割れた背肉と白い背骨がのぞいている。すさまじい勢いで血を噴き出しながら、秀扇の体が音を立てて地面に転がった。

鍔《つば》鳴りをひびかせて、左文字国弘を鞘に納めると、唐十郎は無言で重蔵をうながし、大股《おおまた》に歩き出した。しばらく無言の行歩がつづいたあと、

「『摂津屋』の内儀をたぶらかすのに十両とは、随分はずんだもんですねえ」

独語するように重蔵がつぶやいた。

「弥平次の背後には、九鬼十左衛門のほかにも、もう一人別の黒幕がいるはずだ」

「別の黒幕？」

「『摂津屋』が消えて得をするやつがな。十両の金の出所はそいつだろう」

「何だか話がややこしくなってきやしたね」

「これで〝仕事〟が終わったわけではない。むしろ、これからが始まりだ。重蔵、引きつづき探索を頼んだぜ」

「かしこまりやした」

いつしか街道は深い夕闇に領されていた。二人は足を速めて闇の奥に消えて行った。

第五章　夫婦《めおと》心中

一

いつもは六ツ（午前六時）ごろ目を覚ますのだが、この日はめずらしく四ツ（午前十時）すぎまでぐっすり眠り込んだ。品川までの二里の距離を半日で往復したので、さすがに疲れが出たのだろう。夢もむすばぬほど深い眠りだった。

床《とこ》を抜け出したとたん、唐十郎は急に空腹を覚えた。昨夜は品川からの帰りに芝神明《しばしんめい》の居酒屋で重蔵と酒を呑《の》んで別れたのだが、考えてみると腹に溜《た》まるようなものは何も食べていなかった。腹が空くのも道理である。自分で朝食を作るのは面倒なので、近くの一膳《いちぜん》飯屋で朝食と昼食をかねた食事でもとろうかと、身支度をしていると、

「旦那《だんな》、いる？」

と玄関で声がして、お仙が入ってきた。

「おう、お仙か。朝から何の用だ？」

「ちょっと……、旦那に相談したいことが……」

ためらうようにいって、お仙は腰を下ろした。

「また金の無心か」

「ううん」

とかぶりを振り、お仙は上目づかいに唐十郎を見た。

「おるいさんのことなんだけど、聞いてくれます？」

「おるいがどうかしたのか？」

「勤め先の『摂津屋』さんから暇《いとま》を出されたんです」

「ほう」

唐十郎は意外そうに目を細めて見返した。むろん『摂津屋』の廃業のいきさつは知っている。だが、おるいが『摂津屋』に勤めていたという話は初耳だった。

「きのうの夕方、突然、店を閉めることになったので辞めてもらうって」

おるいだけではなく、すべての奉公人に解雇通達が出されたという。

「それで……？」

「何かいい仕事はないかと思って」

「おるいに頼まれたのか」

「ううん。あたしが勝手に心配してるだけ。もし何か心当たりがあったら紹介してもらえません？」

「考えておこう。……それよりお仙、飯を食いに行かんか」

「朝ごはんなら食べてきたわ」

「早めの昼飯だ」

「おそばぐらいなら付き合ってもいいけど」

「じゃ、そばを食いに行こう」

と、お仙をうながして家を出た。

神田多町から西へ五丁ほど行った雉子町《きじちょう》の小路《こうじ》に、『利休庵《りきゅうあん》』という老舗《しにせ》のそば屋があった。信州更科《さらしな》出の老夫婦がやっている店で、そばはもちろん更科そばである。

二人はその店に入り、唐十郎はかけそば、お仙は蒸籠《せいろ》そばを注文した。

「ここだけの話だけど――」

そばをすすりながら、お仙が声をひそめていった。

「『摂津屋』のお内儀さん、密通の科《とが》で小伝馬町の牢《ろう》に入れられたんですって」

「密通？」

知ってはいたが、唐十郎はあえてとぼけて見せた。

「すぐにご赦免《しゃめん》になったそうですけど、もしかしたら……」

箸《はし》を止めて、お仙はさらに声を落としていった。

「急に店を閉めることになったのは、そのことと関わりがあるんじゃないかしら？」

「おるいから聞いたのか？　その話」

こくりとうなずいて、お仙はふたたびそばをすすりながら、

「お内儀さんは密通なんかする人じゃないって、おるいさんはそういってたわ」

「…………」

唐十郎は事の真相を知っている。彦次郎が『摂津屋』を手放すことになったいきさつやおひでを罠《わな》にはめた多岐川秀扇を斬《き》ったことを、お仙に告げるべきかどうか一瞬迷った。だが、事件の全容がまだ解明されないこの時点で、それを打ち明けるのは時期尚早だと思い、さりげなく話題を変えた。

「内儀がもどってきたとき、亭主はどんな様子だったんだ？」

「それが……、ふだんはめったにお酒を口にしないご主人が、帳場を番頭さんに

まかせっきりにして、近所の小料理屋に入りびたっていたそうですよ。お内儀さんは一日じゅう奥の部屋に閉じこもって泣き明かしていたって。……ひょっとすると、あの夫婦は離縁するかもしれないって、おるいさん、そうもいってたわ」

（それはあるまい）

と唐十郎は思った。彦次郎に離縁の意思があるとすれば、おひでが不義密通の科で捕らえられたときに離縁状を叩《たた》きつけていたはずである。

彦次郎が『摂津屋』の身代をかけてまでも、おひでを牢から救出したのは、おひでの潔白を信じていたからにほかならない。そのおひでをいまとなって離縁するとは考えられなかった。それより気がかりなのは、今後の二人の身の振り方である。

そばを食べ終えると、唐十郎は卓の上に代金を置いて、

「何となく気になる。様子を見に行こう」

と、お仙をうながして『利休庵』を出た。

神田雉子町から三河町を抜けて鎌倉河岸《かまくらがし》に出、濠端《ほりばた》沿いの道を南に向かってしばらく行くと右手に常盤橋《ときわばし》御門が見えた。その先の左側に広がる町屋が日本橋北鞘町である。

『摂津屋』は北鞘町の西はずれにあった。土蔵造りのどっしりした構えの店である。

固く閉ざされた戸に、

〈都合により、店を閉めさせていただきます〉

と記された張り紙が貼《は》られ、店の中はひっそりと静まり返っていた。

「引っ越したのか？」

張り紙に目をやりながら、唐十郎が訊《き》いた。

「いえ、まだ後片付けをしてるはずですけど……、裏に廻ってみましょうか」

「うむ」

二人は路地を抜けて『摂津屋』の裏手に廻り、板塀の切戸口《きりとぐち》を押して裏庭に入った。

「ごめんください」

と、お仙が母屋に声をかけた。が、応答はなかった。庭に面した障子はすべて開け放たれている。部屋の中には荷物が山積みにされているが、物音ひとつ聞こえない。

唐十郎は庭先に立って四辺を見回した。庭のすみに土蔵が建っている。観音開きの塗籠戸《ぬりこめど》が半分ほど開いていて、戸口には菰《こも》包みの荷が蕪雑《ぶざつ》に積まれていた。

「土蔵の中かもしれんぞ」

植え込みのあいだの小径をたどって、土蔵の戸前に立って中をのぞき込んだ瞬間、唐十郎は思わず息を呑んだ。目をそむけたくなるような酸鼻《さんび》な光景がそこにあった。

土間に血まみれの男と女が倒れている。死んでからまだ間もないのであろう。二人の体からはおびただしい血が流れ出ている。血溜まりに無数の蠅《はえ》が群がり、土蔵の中には生臭い血の臭いが充満していた。

男が『摂津屋』の主人・彦次郎であることは疑うまでもなかった。首から血を流し、右手に血糊《ちのり》の付いた出刃包丁《でばぼうちょう》をにぎったままうつ伏せに倒れている。

横に倒れている女は内儀のおひでだった。左胸を一突きにされて仰向けに倒れている。その顔に見覚えがあった。過日、神田堀の掘割通りで二人の浪人者にからまれていた若内儀である。

(あのときの女が『摂津屋』の内儀だったか)

奇妙な因縁を感じながら、土蔵の戸前に愕然《がくぜん》と立ちつくしていると、

「どうしたんですか？」

とお仙が歩み寄ってきた。

「見るな、お仙」

反射的に振り向いて制止したが、そのときすでにお仙の目は、唐十郎の背中越しに土蔵の中に射込まれていた。

「あっ」

と小さな悲鳴を上げて跳びすさり、お仙は慄然《りつぜん》と立ちすくんだ。

「無理心中だ」

沈痛な表情でつぶやきながら、唐十郎は首をめぐらして土蔵の中の死体に目をやった。おひでの胸を出刃包丁で一突きにしたあと、彦次郎は自分の首を刺して死んだのだろう。彦次郎の左手はおひでの手をにぎったまま硬直している。

「で、でも……、なぜ？」

ようやく、お仙の口から声が洩《も》れた。かすれるような低い声である。それには応えず、唐十郎はお仙をうながして足早に庭を出た。

「将来《すえ》をはかなんでの心中だろう」

路地を歩きながら、唐十郎がいった。お仙は青ざめた顔で黙ってついてくる。

「しばらく、このことはおるいに内緒にしておいたほうがいい」

「──旦那」

お仙が足を速めて前に廻り込み、長身の唐十郎をすくい上げるような目で見た。

「………」

唐十郎は足を止めて見返した。

「旦那は本当の理由《わけ》を知ってるんじゃないですか」

「思い当たるふしはある。だが……」

といいさして、唐十郎はふたたび歩き出した。

「いまはまだ何もいえぬ。話が煮詰まったら打ち明けよう」

お仙はそれ以上問い詰めようとはしなかった。重苦しく沈黙したまま、日本橋川の川岸通りから室町《むろまち》通りに出ると、二人はそこで別れた。


その夜、六ツ半（午後七時）ごろ──。

深川一の高級料理茶屋『四季楼《しきろう》』の二階座敷に四人の男が顔をそろえていた。

南町奉行所の年番方与力・九鬼十左衛門と定町廻り《じょうまちまわ》同心の西尾半蔵、『相模屋』のあるじ・鴻之助、そして岡っ引の弥平次の四人である。

「ほう、『摂津屋』さんご夫婦が心中を……？」

九鬼に酌をしながら、鴻之助が意外そうな表情でいった。

「『摂津屋』ももう少し賢《かしこ》く立ち廻っておれば、あのような目にあわずに済んだろうにな。みずから墓穴を掘ったようなものだ」

西尾が皮肉な口調でいう。それを受けて九鬼が、

「ま、しかし、二人が消えてくれたので、事件の真相は永遠に闇《やみ》の中だ。わしらにとってはもっけの幸いよ」

「御意」

「それにしても、あの内儀、死なすにはもったいない女だった」

卑猥《ひわい》な笑みを浮かべて、九鬼がいった。

「なかなかの美形でしたからな」

と応じながら、西尾が隣席の弥平次にちらりと目をやって、

「弥平次、よい知らせがもう一つあるぞ」

「と申しやすと？」

「昨夜、多岐川秀扇も八ツ山下で何者かに殺されたそうだ」

「秀扇が？」

「北品川の飯盛旅籠《めしもりはたご》で派手に遊んでいたそうだからな。追剝《おいはぎ》にでもねらわれたのだろう」

「へえ。そいつは知りやせんでした。いずれ秀扇には消えてもらわなきゃならねえと思っておりやしたからね。その手間がはぶけたってことじゃねえですか」

弥平次が小ずるそうな笑みを浮かべていった。

「そういうことだ」

「おう」

九鬼が思い出したように、鴻之助を見やり、

「忘れぬうちにこれを渡しておこう」

と、ふところから折り畳んだ書状を取り出して、鴻之助の前に置いた。

「『摂津屋』の両替株だ」

「謹んで頂戴《ちょうだい》いたします」

押しいただくようにして、鴻之助は書状を受け取った。

株といっても、現代のような株券があるわけではない。物の書に、

〈凡《およ》そ両替屋は、天秤《てんびん》の底板に篆刻《てんこく》字の『陽』の字を烙印《らくいん》したるを各一挺《ちょう》ずつ所有し、若《も》し其《そ》の株を他人に譲渡す時は、右の天秤をば其の人に伝ふ〉

とあるように、株仲間に加入した両替商には、金、銀、銭を計るための幕府公認の天秤が下付されたのである。九鬼が差し出した書状はその目録だったのだ。

九鬼が釘《くぎ》を刺すように語をついだ。

「『摂津屋』の明き株が右から左にそちの手に渡ったと知れると、世間から疑いの目で見られるからな。ほとぼりが冷めたころ天秤を取りにくるがよい」

「ははっ」

鴻之助は平蜘蛛《ひらぐも》のように平伏した。

それから半刻ほど雑談をしながら酒を酌み交わしたあと、鴻之助は持参した三つの折箱をそれぞれの膳部の前に置いた。箱の中身が金子《きんす》であることは言を俟《ま》たない。九鬼に四百両、西尾に二百両、弥平次に百両、〆めて七百両の成功報酬である。

ずっしりと重量感のある折箱を手に取ると、九鬼はにんまりとほくそ笑み、

「では、わしらはぼちぼち……」

と目顔で西尾をうながして腰を上げた。

「裏に駕籠《かご》を待たせてありますので」

二人を廊下の階段口まで送り出すと、鴻之助はふたたび座敷にもどり、弥平次

の酒席の前に腰を下ろして酌をした。

「親分さんには本当にお世話になりました。おかげさまで両替屋の株も手に入りましたし、これで手前どもの商《あきな》いにも大きなはずみがつくでしょう」

満面の笑みである。

「ま、おめえさんの商いが肥《ふと》ってくれれば、こっちも何かとおこぼれにあずかれるからな。互いに持ちつ持たれつの仲だ。これからもうまくやっていこうじゃねえか」

「こちらこそよろしくお引き廻しのほどを」

「ところで『相模屋』」

と弥平次が急に真顔になって、

「おめえさんが『相模屋』の跡目をついだとき、お払い箱にした奉公人が何人かいたはずだが」

「はい。二番番頭の伊兵衛をはじめ、手前の意に染まぬ者を五人ほど……」

「ひょっとしたら、その五人の中に佐太郎を匿ってるやつがいるかもしれねえぜ」

「あ、なるほど」

鴻之助はぽんと膝《ひざ》を打ち、

「さすがは親分さん、よいところに目をつけられました」

といって、追従《ついしょう》笑いを浮かべた。

二

品川の八ツ山下で絵師・多岐川秀扇を斬ってから二日後の夕刻、稲葉屋重蔵がふらりと唐十郎の家をたずねてきた。唐十郎は近所の湯屋からもどってきたばかりで、ちょうど湯上がりの冷や酒を呑んでいるところだった。

「実は……」

と、いいかける重蔵に、

「話は呑みながらゆっくり聞こう」

唐十郎は台所から茶碗《ちゃわん》を持ってきて、なみなみと酒を注いで差し出した。それを一口ごくりと喉《のど》に流し込むと、重蔵は眉宇《びう》を寄せながら、

「『摂津屋』の内儀ですがね。牢屋敷の張番所の中で南町の年番方与力になぶりものにされたそうですぜ」

これは牢屋敷の表通りの一角にある『笹屋』という居酒屋で知り合った、例の下男《しもおとこ》から聞き出してきた話だった。男は重蔵に酒を馳走《ちそう》になったせいか、二度目に『笹屋』で会ったときも、気安く重蔵の問いに応えてくれたという。

「ひでえ話ですよ」

と眉間《みけん》に縦《たて》じわをきざんで、重蔵はおひでが凌辱《りようじよく》された様子を仔細《しさい》に語った。

(やはり、そうか)

唐十郎が危惧《きぐ》していたとおり、『摂津屋』夫婦の心中の原因はやはりそれだったのだ。

牢内でおひでの身に何が起きたのか、彦次郎にはすぐ察しがついたのだろう。あるいはおひでがみずからその事実を彦次郎に告白したのかもしれぬ。

いずれにせよ、それを知ったときの彦次郎の心中は察するにあまりある。呑みなれない酒に走ったのもその悪夢から逃れるためだったにちがいない。

唐十郎の脳裏に卒然《そつぜん》とお島の顔がよぎった。

お島も牢内で同じような目にあって亭主から離縁されている。だが、彦次郎には離縁の意思はなかった。おひでに惚《ほ》れていたからである。そうでなければ『摂津屋』の身代を擲《なげう》ってまでも、おひでを救け出すはずはない。

——惚れているからこそ、彦次郎はおひでを殺したのだ。

唐十郎はそう思った。おひでが許せないのではなく、ほかの男に汚《けが》されたおひでの肉体が許せなかったのだ。愛憎なかばする思いで彦次郎はおひでを殺し、自分の命をも断ったのだろう。唐十郎の胸にやり場のない怒りが燃えたぎってきた。

「南の年番方与力というと、九鬼十左衛門か」

「へい。差し入れ屋の『巴屋』と藪田伍兵衛の後釜《あとがま》の鏑木平助って牢屋同心が段取りをつけたそうで」

「許せんな、その三人」

吐き捨てるように、唐十郎がいった。

「そいつらの居場所はわかるか？」

「鏑木は『巴屋』で酒を馳走になっておりやす。九鬼は両替屋の株仲間の寄り合いに顔を出すそうで」

「場所はどこだ」

「浜町河岸の『一松《いちまつ》』って料亭です」

「よし」

うなずいて、唐十郎は立ち上がった。

「今日、殺《や》るんですかい？」

「『摂津屋』夫婦の弔《とむら》い合戦だ」

「あっしも手伝いやしょうか」

「いや、おまえさんはこれで酒でも呑んでてくれ」

と重蔵の手に小粒を二個手渡した。

「遠慮なくいただきやす。じゃ、あっしはこれで」

ぺこりと頭を下げて、重蔵は部屋を出ていった。

一升徳利と茶碗を片づけると、唐十郎は奥の部屋に入って身支度に取りかかった。裁着袴《たつつけばかま》をはき、塗笠《ぬりがさ》をかぶり、愛用の佩刀《はいとう》・左文字国弘を腰にたばさんで家を出た。


西の空が血を刷《は》いたように真っ赤に染まっている。

ねぐらに帰る鴉《からす》が数羽、群れをなして湯島《ゆしま》の森に飛んで行く。

唐十郎は神田多町から鍋《なべ》町の大通りに出て南に下がり、今川《いまがわ》橋の先を左に曲がった。その道を東に真っ直ぐ行くと小伝馬町の牢屋敷にぶつかる。

『巴屋』はすぐにわかった。すでに表戸は閉ざされており、軒行灯《のきあんどん》に明かりが灯《とも》っていた。塗笠の下から軒行灯の屋号を確かめると、唐十郎は路地に足を向けて、『巴屋』の裏に廻った。敷地は黒舟板塀《くろふないたべい》でかこわれている。その一角に木戸があった。

用心深く木戸に手をかけてみた。中からかんぬきが、かけてあるらしい。小柄《こづか》を取り出して木戸の隙間《すきま》に差し込んでかんぬきをはずし、木戸を押して中に入った。

先刻より夕闇が濃くなっている。

植え込みの奥にぼんやり明かりがにじんでいる。唐十郎は足音を消して、ゆっくり明かりに向かって歩を進めた。座敷の障子に二つの影が映っている。

「――ところで『巴屋』、今夜は何人だ？」

低い声がした。これは牢屋同心・鏑木平助の声である。

「御勘定組頭《おかんじようくみがしら》の田島《たじま》さまと御普請方《ごふしんかた》の沢村《さわむら》さまのお二人です」

この声は『巴屋』のあるじ・茂兵衛である。

「ふふふ、旗本連中は好き者が多いな」

「おかげで手前どもの商売は大繁盛、鏑木さまのふところも潤《うるお》うのですから、こんな結構なことはございません」

「確かにな。前任の藪田はかなりの金を残したそうだ。わしもそれにあやかりたい。一人二人といわずに、注文があればどんどん客を送り込んでくれ」

「心得てございます」

どうやら今夜もまた旗本に女囚を抱かせる算段をしているようだ。二人のやりとりに耳をかたむけながら、唐十郎は土足のまま濡《ぬ》れ縁に上がった。

「今夜も蒸しますな。障子を開けましょう」

と茂兵衛の影が立ち上がった瞬間、唐十郎はがらりと障子を引き開けた。

「だ、誰だ！」

度肝《どぎも》を抜かれて茂兵衛が跳びすさった。と同時に鏑木が抜刀して、

「曲者ッ！」

わめきながら猛然と斬りかかってきた。

しゃっ！

唐十郎の左文字国弘が一閃《いっせん》した。

血しぶきが飛び散り、鏑木の右腕が刀をにぎったまま庭に飛んでいった。

唐十郎はすぐさま刀を返して、前のめりによろける鏑木の背中に袈裟《けさ》がけの一

刀を浴びせた。わっと悲鳴を上げて、鏑木は濡れ縁から庭に転落した。背中を切り裂かれ、蛙《かえる》のようにぶざまな姿でうつ伏せに倒れている。

唐十郎は振り向きざま、部屋の中に凍りついたように棒立ちになっている茂兵衛に切っ先を向けた。

「だ、誰か！　誰かきておくれ！」

茂兵衛が大声で叫んだ。その声を聞きつけて、廊下の奥にあわただしく足音がひびいた。唐十郎は畳を蹴《け》って左文字国弘を下から薙《な》ぎ上げた。

がつっ。

と骨を断つ鈍い音がして、切断された茂兵衛の首が宙に舞った。その首が天井にぶち当たって、ごろんと畳の上に落下したときには、もう唐十郎の姿は部屋から消えていた。

「どうかなさいましたか、旦那さま」

襖《ふすま》ががらりと開き、番頭と手代が飛び込んできた。部屋の中は蘇芳《すおう》びたしの血の海である。その血の海に切断された茂兵衛の首と胴体が転がっていた。

「ぎえっ」

と奇声を発して、番頭と手代は腰を抜かした。

三味線《しゃみせん》を爪弾《つまび》く音とともに、浜町堀から吹き寄せてくるかすかな風が、軒端にかけられた青すだれを涼しげに揺らしている。

浜町河岸の料亭『一松』の離れ座敷である。

両替商の株仲間の寄り合いがお開きになり、座敷では株仲間の総代の『天野《あまの》屋』庄右衛門《しょうえもん》と南町奉行所の年番方与力・九鬼十左衛門の二人が差し向かいでひっそりと酒を酌み交わしていた。

「亡くなった『摂津屋』さんご夫婦には、お気の毒としかいいようがございませんが、しかし、まァ、お内儀さんが仕出かしたことを考えますと、ああするほかに道はなかったのでございましょうねえ」

庄右衛門がしみじみといった。例の上納金の一件を彦次郎が寄り合いに諮《はか》ったとき、強硬に「長いものには巻かれろ」と主張したのは、この男である。

「両替屋は信用第一だからな。世間からうしろ指を差されるようなことがあっては商いも立ちゆくまい。『摂津屋』の一件はまさに他山の石だ。そちたちもそのことしかと肝《きも》に銘《めい》じておくがよいぞ」

そういって、九鬼は意味ありげに嗤《わら》った。

もとより庄右衛門は、内儀のおひでが卑劣な罠にはめられたことなど知るよしもなかったが、九鬼のいう「他山の石」という言葉の意味はすぐに理解できた。もし彦次郎が九鬼からの上納金の要請を素直に受け入れていれば、九鬼の裁量で内儀の不祥事も見逃してもらえたかもしれない。要するに「他山の石」とは、

「わしに逆らうとろくな目にあわんぞ」

という警告であり、有体《ありてい》にいえば脅しなのである。

「お言葉、謹んでうけたまわります」

庄右衛門は神妙な顔で低頭した。

「『摂津屋』の明き株の譲渡先については、いずれわしが決めるが、誰に譲り渡そうと異存はあるまいな」

「もちろんでございますとも。九鬼さまがお決めになられたことに、株仲間一同、異存なぞあろうはずもございません。例の上納金の件も、今夜の寄り合いでお受けすることに決まりましたので、今後とも一つよしなにお取り計らいのほどを」

「うむ」

と満足げにうなずいて、

「水魚《すいぎょ》の交《まじ》わりという言葉がある。そちとは長い付き合いになりそうだな」

「ありがとう存じます」

「では、わしはそろそろ……」

九鬼がゆったりと腰を上げた。庄右衛門がすかさず立ち上がって襖を引き開け、

「どうぞ。こちらへ」

と廊下の奥に案内する。裏口に駕籠が待っている、庄右衛門に見送られて九鬼は駕籠に乗り込んだ。九鬼の住まいは八丁堀《はっちょうぼり》の組屋敷（幕府から下賜された官舎）である。浜町河岸から八丁堀までは駕籠で四半刻もかからない距離である。

三

ふっふふふ……。

駕籠に揺られながら、九鬼は思わずふくみ笑いを洩らして、

「まずは重畳《ちょうじょう》」

ぼそりとつぶやいた。例の上納金の件である。今夜の両替商の株仲間の寄り合

いで、その件が正式に決定したのである。ふくみ笑いが洩れるのも無理はなかった。

九鬼の俸禄は二百三十石である。一般的には二百石以上が御目見得《おめみえ》の旗本で、二百石以下が御家人とされている。だが、町奉行所の与力は二百石以上でも御目見得以下だった。それも一代抱えの御家人である。一代抱えとは、どんなに忠勤に励んでもそれ以上の出世は望めない身分なのだ。

——出世栄達の途を絶たれた武士は、何をよすがに生きるべきか。

——金しかあるまい。

九鬼はそう思う。

年番方与力の座にいるかぎり、両替商の株仲間から年間六百両の上納金が入ってくることになる。それを石高に換算すれば、米一石一両として六百石の収入《みいり》になる。

知行千石の旗本の場合、四公六民の租税法に照らせば実収入は玄米四百石、これを精米すると搗《つ》き減《べ》りして三百五十石にしかならないのだ。そう考えると、六百両の現金収入は二千石級の旗本の俸禄に匹敵するのである。

——名を捨てて実を取るとは、まさにこういうことではないか。

肚《はら》の底でつぶやきながら、九鬼はまたふくみ笑いをもらした。と、そのとき、ふいに臀部《でんぶ》に軽い衝撃を感じた。駕籠が止まったのである。八丁堀に着くにはまだ早い。

「どうした?」

けげんそうに駕籠の垂れを押し上げて、駕籠かきに声をかけた。応答はなく、一散に走り去る足音だけが聞こえた。

ただならぬ気配を感じて、九鬼は刀の柄頭《つかがしら》に手をかけ、用心深く駕籠を下りた。

そこは伊勢町《いせちょう》堀《ぼり》に架かる荒布橋《あらめばし》の手前だった。四辺は漆黒《しっこく》の闇につつまれている。二人の駕籠かきの姿はかき消えていた。駕籠の行く手に人影が立ちはだかっている。

刀の柄に右手をかけながら、九鬼はするどい目で影を凝視した。

影がゆっくり歩み寄ってくる。

塗笠をまぶかにかぶり、裁着袴をはいた浪人風体の男である。千坂唐十郎だった。

「わしに何か用か?」

低く問いかけた。

「『摂津屋』夫婦の怨《うら》みを晴らしにきた」

「な、なに！」

九鬼の顔がこわばった。右手は刀の鯉口《こいぐち》を切っている。

「貴様、何者だ！」

「闇の始末人」

「た、たわけたことを申すな！」

わめきながら、刀を抜いて正眼に構えた。

唐十郎も抜刀した。右片手ににぎり、剣尖をだらりと下げた地擦《じず》りの構えである。

その構えにはいささかの力みもなかった。ただすっと立って刀を垂らしているだけである。少なくとも九鬼の目にはそう映ったであろう。だが、その自然《じねん》の太刀先には万鈞《ばんきん》の重みがあった。いかなる斬撃《ざんげき》にも自在に対応できる「無構《むがま》え」なのである。

九鬼は正眼につけた刀を右脇構えに変えて、擦り足で右へ右へと廻り込んでゆく。目はぴたりと唐十郎の鍔元《つばもと》につけている。右籠手《こて》をねらってくるのは見え見えだった。

両者の距離は一間に迫っていた。一足一刀の間合いである。

だが、九鬼は仕掛けてこない。あくまでも「後《ご》の先《せん》」を取る戦術だ。

唐十郎の右足が間境《まざかい》を越えた。と見た瞬間、九鬼が凄《すご》い勢いで突いてきた。

読みどおり九鬼の切っ先は唐十郎の右手首をねらっている。

とっさに体《たい》を左に開いて切っ先をかわし、同時に左文字国弘を薙ぎ上げた。

キーン！

鏘然《そうぜん》と鋼《はがね》の音が響き、闇に火花が散った。

九鬼の体が前にのめったが、すぐさま体を返して猛然と斬り込んできた。

唐十郎は刀の峰で受けた。刃と刃がガシッと咬《か》み合う。しのぎを合わせたまま、互いに渾身《こんしん》の力で押し合い、一歩もゆずらない。寸刻、両者の動きが静止した。

じりっ、と先に退《ひ》いたのは唐十郎のほうだった。

その機を逃さず、九鬼が一気に押し込んできた。だが、そこに唐十郎の姿はなかった。

押し込んでくると同時に、唐十郎は素早く刀を引いて背後に廻り込んだのである。九鬼の体が大きく前に泳いだ。そこへ叩きつけるように拝み討ちの一刀を浴びせた。

九鬼の右腕が肩の付け根からばっさり斬り落とされた。

「ひっ」

と悲鳴を上げながら、九鬼は両膝を折って地面にへたり込んだ。腕のない右肩から音を立てて血が噴き出している。その前に立って、唐十郎は冷やかに見下ろした。

九鬼が必死の形相で見上げた。

「き、貴様、わざと急所をはずしたな」

「……………」

唐十郎は黙っている。

「な、なぜだ。なぜ一思いに殺さぬ」

「貴様には地獄の苦しみを味わってもらう」

唐十郎が冷然といった。九鬼の顔にふっと笑みが浮かんだ。引きつるような虚勢の笑みである。右肩の出血は止まらない。着物の袖が血でふくらんでゆく。

「わしも武士のはしくれだ。貴様ごとき素浪人にぶざまな姿は見せぬ！」

いうなり、脇差《わきざし》を引き抜いておのれの喉を突こうとした。が、次の瞬間、唐十郎がその手を蹴り上げた。脇差が地面に転がった。九鬼がカッと目を剝《む》いて叫んだ。

「じ、自裁《じさい》も許さぬというのか！」

唐十郎は黙って脇差を拾い上げると、やおら伊勢堀に投げ捨てた。

「貴様、このわしを生殺しにするつもりか！」

「死ぬまでにはまだたっぷり時間《とき》がある。せいぜい苦しむがいい」

いい捨てて背を返そうとすると、「ま、待て」と九鬼が呼び止めた。

唐十郎はゆっくり振り向いた。

「わ、わしと……取り引きせんか」

「取り引き？」

「どうせ貴様は……、金で雇われた殺し屋であろう。金なら……、わしも払う」

あえぎあえぎふところから札入れを取り出して、ポンと投げ出した。

「その札入れの中に……、三十両ある。……わしを医者に連れて行ってくれたら、その金を貴様にくれてやる」

唐十郎は無言で札入れを拾い上げた。

「い、いまならまだ助かる。頼む。医者に連れて行ってくれ！」

「この金は三途《さんず》の川の渡し賃だ。おれがいただいておこう」

札入れを無造作にふところにねじ込むと、唐十郎は足早に去って行った。

「お、おのれ、……うう、う」

うめきながら、九鬼は前のめりに倒れ伏した。右腕を失った肩から竜吐水《りゅうどすい》の勢いで血が噴き出している。苦悶《くもん》に身をよじる九鬼の顔からみるみる血の気が失せていった。


翌日の昼下がり。

谷中《やなか》『永善寺《えいぜんじ》』の墓地に、千坂唐十郎と『大黒屋』宗兵衛の姿があった。唐十郎は塗笠をかぶり、宗兵衛は大きな頭に菅笠をのせ、手には閼伽桶《あかおけ》を提げている。

『永善寺』は『摂津屋』の先祖代々の旦那寺《だんなでら》である。『摂津屋』の土蔵の中で彦次郎とおひでの心中死体が見つかった日、番屋から知らせを受けた縁戚《えんせき》筋の薬種《やくしゅ》問屋の主人が二人の死体を引き取り、その日のうちに荼毘《だび》に付してこの寺の墓に葬《ほうむ》ったのである。

墓石のわきに立つ二本の真新しい卒塔婆《そとば》には、それぞれの俗名《ぞくみよう》と行年《ぎようねん》が記されている。

閼伽桶の水で墓石を清めると、唐十郎と宗兵衛は墓前にぬかずいて線香を手向《たむ》け、手を合わせて彦次郎とおひでの菩提《ぼだい》を弔《とむら》った。

「これで『摂津屋』さんご夫婦も浮かばれるでしょう」

つぶやきながら、宗兵衛がゆっくり立ち上がった。唐十郎も腰を上げた。

昼下がりの陽差しがじりじりと照りつけている。

近くの雑木林では耳を聾《ろう》さんばかりに油蟬《あぶらぜみ》が鳴いている。

林立する墓石のあいだの小径を抜けて、二人は本堂のほうに向かった。

「一つ解せぬことがある」

歩きながら唐十郎がぽつりといった。宗兵衛が振り向いた。

「どんなことでございましょう」

「絵師の多岐川秀扇を使って『摂津屋』の内儀に不義密通の濡れ衣を着せる。ずいぶんと手の込んだやり口だが、そのわりに九鬼十左衛門のねらいがいま一つわからんのだ」

「お金じゃないでしょうか」

宗兵衛がいった。

「『上総屋』の清之助さんや『鳴海屋』の徳太郎さんのときと同じように、おかみさんをご赦免にする代わりに、『摂津屋』さんから多額のお金をせびり取ろうとしたのでは」

「いや、それは違うな」

言下に唐十郎は首を振った。

「違いますか」

「金で済むなら、彦次郎は店を手放したりはすまい」

「あ、なるほど」

「『摂津屋』が店じまいをして利を得る者がいるはずだ」

「千坂さま」

宗兵衛が足を止めて、菅笠の下から唐十郎を見上げた。

「株でございますよ」

「株？」

「商人にとって両替屋さんの株は垂涎《すいぜん》の的《まと》ですからねえ。明き株が出るのを首を長くして待っている商人《あきゅうど》は五万とおります。その連中にとって『摂津屋』さんの廃業は、朗報以外の何ものでもございません。しかも、その譲渡先を決めるのは年番方与力・九鬼十左衛門の胸三寸。となれば――」

「大黒屋、それだ」

唐十郎が大きくうなずいた。

「九鬼のねらいは『摂津屋』の明き株だ。そうに違いない」

「さっそく調べてみましょう」

「何かつてでもあるのか?」

「商売柄、南の御番所には知り合いのお役人が何人かおりますので。……むろん、そのお役人方は真面目にお役を務められている方々ばかりですから、きっとお力添えをいただけると思います」

「そうか。明き株の譲渡先がわかりしだい、知らせてくれ」

「かしこまりました」

『永善寺』の門前で唐十郎と別れたあと、宗兵衛はいったん『大黒屋』にもどり、紋付き羽織《はおり》袴に着替えて数寄屋橋《すきやばし》の南町奉行所に向かった。

江戸の町奉行所は、治安・行政・司法を所管する、現代でいえば都庁と警視庁と最高裁判所を兼ねた総合庁舎である。

表門をくぐると、正面に表役所が見える。総建坪千八百坪の瓦葺《かわらぶ》き平屋で、奉行以下、与力・同心・足軽・小者・下男など千人あまりが表役所で働いている。

表門を入ってすぐ左側に、公事人腰掛《くじにんこしか》け（訴訟人などが控える待合所）があった。長屋門の軒庇《のきびさし》の下にしつらえられた、今日でいう長椅子《いす》である。

取次役人に来意を告げて公事人腰掛けに向かうと、顔なじみの公事宿の主人が二人、これも紋付き羽織袴で小商人ふうの訴訟人を伴って順番を待っていた。その連中と軽く会釈《えしやく》を交わして、宗兵衛は腰掛けのすみに腰を下ろした。

この公事人腰掛けには、夏は煙草盆《たばこぼん》、冬は手炙《てあぶ》りが出される。宗兵衛は煙草盆の煙管《きせる》をとって煙草をくゆらせながら、呼び出しがかかるのを待った。

三服目の煙草を吸い終えたとき、ようやく呼び出しがかかり、宗兵衛は表玄関に向かった。玄関を入ると広い土間になっており、土間の奥の右側に当番所があった。八畳ほどの畳部屋である。文机が横一列に三脚並び、それぞれに羽織袴の物書《ものかき》同心（事務方）が座して、訴訟代理人の応対をしていた。

「よう大黒屋、今日はどんな用向きだ？」

声をかけてきたのは、北村喜兵衛《きたむらきへえ》という物書同心だった。歳のころは四十五、六。見るからに実直そうな男である。宗兵衛は北村の文机の前に腰を下ろし、

「いつもお世話になっております」

と丁重に挨拶《あいさつ》をして、

「実は、両替商の『摂津屋』さんが廃業なさったということで、手前どもの宿にも問い合わせが殺到しておりましてね」

「ああ、その件か」

「もしよろしければ、『摂津屋』さんの明き株の譲渡先をお教えいただきたいと存じまして」

「まだ天秤を下付しておらんので、公表は差し控えているのだが……」

言葉を濁《にご》しながら、北村はちらりと周囲を見廻し、

「外で茶でも飲まんか」

と目くばせして立ち上がった。「ここではまずい」と言外にいっているのである。宗兵衛も何食わぬ顔で腰を上げた。

奉行所を出ると、二人は数寄屋橋御門前の広場を渡って、元数寄屋町《もとすきや》一丁目と二丁目の辻角にある『駿河屋《するが》』という茶問屋に足を向けた。『駿河屋』は茶を売る店だが、店の前に緋毛氈《ひもうせん》をしいた床几《しょうぎ》を置いて、そこで客に茶を飲ませている。

二人は床几に腰を下ろした。赤い襷《たすき》がけの小女が注文した煎茶《せんちゃ》を運んできた。

それをすすりながら、北村が小声でいった。

「九鬼さまの独断で深川西町の材木問屋『相模屋』に決まったそうだ」

「材木問屋の『相模屋』さん？」

宗兵衛は意外そうな顔をした。

「どのようないきさつで決まったのか、わしも詳しいことは知らんが、すでに天秤の目録は『相模屋』の手に渡っているそうだ」

「さようでございますか」

と、ふいに北村が「おっ」と小さな声を上げて顔を伏せた。

「どうかなさいましたか？」

「西尾さんだ。小うるさい人だからな。見られるとまずい」

宗兵衛はけげんそうに広場のほうに目を向けた。定町廻りの西尾半蔵が岡っ引の弥平次を従えて、反対側の弥左衛門《やざえもん》町のほうに立ち去ってゆく。

「ああ、定町廻りの西尾さまですか」

「どっちに向かっている？」

顔を伏せながら、北村が訊いた。

「気づいていないようです。弥左衛門町のほうに向かってます」

「そうか」

安堵《あんど》したように、北村は顔を上げた。西尾と弥平次の姿は消えている。

「折り合いが悪いんですか、西尾さまと」

「わしだけではない。誰とでも折り合いが悪いのだ、あの人は。……亡くなった九鬼さまに取り入ってふんぞり返っていたからな。嫌われるのも無理はあるまい」

苦々しい顔で北村はズズッと茶をすすり上げると、

「いまの話だが――」

と声をひそめていった。

「いずれ知れることだからな。口を緘《かん》して隠し立てするほどのことでもないのだが、九鬼さまがあのような亡くなられ方をして昨日の今日だ。しばらくこのことは内密にしておいてもらいたい」

そういって、北村はまた茶をすすった。

「心得てございます」

宗兵衛は深くうなずいた。

四

「九鬼さまが亡くなられた！」

一報を受けて『相模屋』のあるじ・鴻之助は飛び上がらんばかりに驚いた。知らせにきたのは定町廻り同心の西尾半蔵と岡っ引の弥平次である。

「昨夜、荒布橋の近くで何者かに斬られたそうだ」

西尾が苦い顔でいう。

「斬られたというと……、下手人は侍ですか？」

「駕籠かきの話によると、背の高い浪人者だったそうだ。九鬼さんのふところから札入れが消えていたところを見ると、金目当てだったようだな」

「それにしても、九鬼さまが亡くなられるとは……」

愕然と肩を落とす鴻之助に、

「それればかりじゃねえんだぜ、相模屋」

弥平次がいった。

「と申しますと？」

「妙なことに、その半刻ほど前にも小伝馬町の『巴屋』に賊が押し入り、あるじの茂兵衛と牢屋同心の鏑木さんが斬り殺されてるんだ」

「『巴屋』さんも！」

鴻之助の声が上ずった。

「ま、それと九鬼さんの一件とは関わりがないと思うが」

茶を飲みながら、西尾が吐息まじりにいう。

「こうも身近なところで立てつづけに人が死んでゆくと、わしらもうかうかしてはおられん。江戸には鵜《う》の目鷹《たか》の目で他人のふところをねらっている山犬浪人がごろごろしておるからな」

「羽振りのよさそうな振る舞いをしてるとろくなことになりやせん。しばらくは身をつつしんだほうがいいでしょう」

「そういうことだ」

うなずくと、西尾は茶を飲みほして立ち上がった。

「お帰りでございますか」

「うむ。所用があるのでな」

「わざわざお越しいただきまして、ありがとう存じます」

鴻之助は西尾を送って離れ座敷を出ていったが、すぐにもどってきて、

「ところで親分さん」

と神妙な面持ちで、弥平次の前に着座した。

「『摂津屋』さんの明き株はどうなるんでしょうか?」

「それは心配ねえだろう。天秤の目録をもらった以上、『摂津屋』の明き株はもうおめえさんのものだ。早めに取りにいったほうがいいぜ」

「では、さっそく明日にでも」

「こういっちゃ何だが……」

弥平次がにやりと嗤っていった。

「これでおめえさんも九鬼さまとの腐れ縁が切れたわけだ。幕府《おかみ》から天秤さえもらっちまえばこっちのもんよ。誰にはばかることもなく、堂々と両替屋の看板が掲げられるって寸法だ。禍《わざわ》い転じて福となすとは、まさにこのこったぜ」

鴻之助の顔にもふっと笑みがこぼれた。

「親分さんの前ですから正直に申し上げますが、九鬼さまが亡くなる前に例の目録をいただいておいて本当によかったと思います。間一髪でございましたよ」

「まったくな。おめえさんも悪運の強い男だぜ」

「いえ、いえ」

と鴻之助が手を振った。

「運だけではございません。これも偏《ひとえ》に親分さんのお力添えがあったればこそ。これからも末永くお付き合いのほどを——」

「それはそうと」

弥平次がふいに真顔になって、

「その後、何か変わったことはねえかい？」

「佐太郎のことでございますか」

「ああ」

「いまのところは何もございませんが、万一に備えて用心棒の浪人を二人から五人に増やしておきました」

「そうかい」

と、そこへ、手代が下っ引の甚八を案内してきた。例の口髭《くちひげ》を生やした男である。

「甚八、何かわかったか？」

「へい」

と弥平次のかたわらににじり寄って、甚八は何事か耳打ちした。弥平次は二、三度うなずくと、口もとに薄い笑みをにじませながら、鴻之助に目を向けた。

「佐太郎の居所がわかったぜ」

「え」

と鴻之助は目を見張った。

「伊兵衛の娘の家に居候《いそうろう》してるそうだ」

「伊兵衛と申しますと、以前手前どもの店に勤めていた……？」

「二番番頭だ。伊兵衛は何年か前に死んだそうだが、娘のおるいは本所亀沢町の借家に住んでるそうだ。善は急げ。さっそくこれから踏み込もうと思うが、おめえさんのところの人手を六、七人貸してもらえねえかい？」

「結構ですとも。何でしたら用心棒の浪人者もおつけいたしましょうか」

「そうだな。浪人を三人、人足を四人ばかり貸してくれ」

「かしこまりました。ただいま呼んでまいります」

立ち上がって、鴻之助は座敷を出ていった。

陽が翳《かげ》り、開け放った障子窓から涼しげな風が吹き込んできた。

やかましく鳴きつづけていた蟬の声がぴたりとやんでいる。まだ陽の落ちる時刻ではないのだが、外は夕暮れのように昏《くら》い。佐太郎は窓際に歩み寄って空を見上げた。

黒雲が急速に流れてゆく。夕立がきそうな空模様である。

「雨が降りそう。洗濯物を取り入れなきゃ……」

台所で夕飯の支度をしていたおるいが、あわてて外に飛び出して行った。その姿を目のすみでちらりと見送ると、佐太郎は押し入れの戸を引き開け、布団のあいだから晒《さらし》に巻いた匕首《あいくち》を取り出し、ひらりと身をひるがえして部屋を出て行った。

ほぼ入れ違いに、両手一杯に洗濯物を抱えたおるいが入ってきた。

「あら?」

と立ちすくんで部屋の中を見廻した。佐太郎の姿が消えている。玄関の三和土《たたき》に目をやった。佐太郎の雪駄《せった》も消えている。

「…………」

胸を締めつけられるような悲しみを覚えて、おるいは崩れるように座り込んだ。

この二日間、佐太郎は家に閉じこもったまま一歩も外に出ず、まるで脱《ぬ》け殻《がら》のように感情のない顔で物思いにふけっていた。

ほとんど口も利《き》かなかったし、何を考えているのかさっぱり見当もつかなかったが、それでもおるいは佐太郎が家にいてくれるだけでうれしかった。

佐太郎の身のまわりの世話を焼き、三度の食事を一緒に食べ、夜は佐太郎の腕に抱かれて寝る。ただそれだけのことだったが、おるいにとってその二日間はまさに至福のときだった。男と女のごくありふれた暮らし。そんな暮らしをつづけているうちに、佐太郎の胸中から五年前の怨讐《おんしゅう》が消えてくれるのではないか、とおるいはひそかに期待していた。

だが、その期待はみごとに裏切られた。

佐太郎の決意はいささかも変わっていなかったのである。というより、むしろこの二日間で、佐太郎の復讐の意志はさらに固まったのかもしれない。

深い悲しみとともに、佐太郎の怨讐の炎を消し止めることができなかった無力感とむなしさが、おるいの胸に込み上げてきた。

佐太郎は本所亀沢町の路地を抜けて、竪川に架かる二ツ目橋を渡っていた。

行き先は深川冬木町の弥平次の家である。『相模屋』は用心棒の浪人どもが四六時中、警戒の目を光らせているので、うかつに手を出すことはできないが、岡っ引の弥平次には警護が付いていない。自分がねらわれるとは思っていないのだろう。

雲行きがますます怪しくなった。遠くで雷鳴がとどろいている。

佐太郎は足を速めた。ほとんど小走りの速さである。

と、突然、前方に異様な集団が姿を現した。八、九人の男が隊列を組んでこっちに向かって歩いてくる。佐太郎はハッとなって足を止めた。

集団の先頭に立っているのは岡っ引の弥平次だった。そのうしろに下っ引の甚八と三人の浪人者、さらにそのうしろに人足風体の男が四人ついている。

反射的に佐太郎は近くの路地に飛び込んだ。と同時に、

「佐太郎だ！」

弥平次の声がして、地響きのような足音がわき立った。

入り組んだ路地を、佐太郎は一目散に走った。追手の足音が迫ってくる。その足音が路地を一つ曲がるごとに減っていることに、佐太郎は気づかなかった。追手が三組に分かれたのだ。一組は弥平次と甚八、一組は三人の浪人、そして一組

は四人の人足である。

無我夢中で走っているうちに、佐太郎は方角を失っていた。どこを走っているのか、どこに向かっているのか皆目見当もつかない。

ときおり民家の明かりが見えたかと思うと、すぐ深い叢樹《そうじゅ》におおわれた物寂しい道になり、その道を抜けると小家がつらなる路地に出、そしてまた樹林へとつづく。

まるで堂々めぐりしているような錯覚にとらわれた。

ややあって広い道に出た。佐太郎は思わず足を止めた。前方から三つの影が猛然と突っ走ってくる。

「いたぞ！」

男の胴間声《どうまごえ》がひびいた。佐太郎は身をひるがえして別の小路に飛び込んだ。

その小路の奥からも追手の足音が聞こえてきた。すぐさま踵《きびす》を返して、家並みの切れ目の路地に走り込んだ。人ひとりがやっと通れるような狭い路地である。

どぶ板を踏んで必死に走った。

路地の先に広い闇が見えた。闇の奥に川が流れている。竪川だった。

河岸通りに出た瞬間、いきなり白刃が襲ってきた。間一髪、佐太郎は横に跳んで切っ先をかわした。三人の浪人者が先廻りしていたのである。

すぐさま二人目の斬撃がきた。かわす間もない速さだった。左肩口に焼けつくような痛みが奔った。息もつかせず三人目が上段から斬りかかってきた。うしろに跳んで、かろうじて刀刃《とうじん》をかわすと、佐太郎は左肩の傷口を手で押さえながら脱兎《だっと》の勢いで走った。

「逃がすな！」

「追え！」

三人の浪人者が猛然と追ってくる。

傷の痛みに耐えながら、佐太郎は必死に走った。背後に足音が迫ってくる。

ふいに佐太郎の上体がぐらっと揺らいだ。石に蹴つまずいたのである。足がもつれ、泳ぐように前のめりによろめきながら、頭から竪川に転落していった。

どぼん。

と水音が立ち、暗い川面《かわも》に無数の水泡がわき立った。

三人の浪人者が駆けつけてきて、川面をのぞき込んだ。佐太郎の姿が消えている。ひとしきり川を見渡したが、影も形も見当たらなかった。

浪人の一人がチッと舌打ちして踵を返した。そこへ弥平次と甚八が走り寄ってきた。

「川に落ちたんですかい？」

息を荒らげながら弥平次が訊いた。

「ああ」

浪人の一人がうなずいて抜き身の刀を突き出した。刀身にわずかに血が付着している。

「確かに手応えはあったのだが……」

「だが、あの様子では死んでおらんだろう」

別の浪人が苦々しくいった。

「どうやら逃がしてしまったようだな」

「致し方あるまい。引き上げよう」

と刀を納めて背を返す三人の浪人に、

「まだあきらめるのは早いですぜ」

弥平次が薄笑いを浮かべていった。三人の浪人が思わず振り返って見た。

五

ゴォーン、ゴォーン……。

本所入江町の六ツ（午後六時）の鐘の音を聞きながら、おるいは夕食の支度をととのえていた。居間に箱膳《はこぜん》が二つ並んでいる。その膳に出来上がった料理を運ぶ。焼き魚、野菜の煮つけ、絹莢《きぬさや》の胡麻《ごま》和《あ》え、そして漬物。質素だが心づくしの手料理である。

料理を運び終えると、おるいは膳の前に腰を下ろし、祈るような気持ちで佐太郎の帰りを待った。ちょうど鐘が鳴り終わったとき、表に足音がひびいた。

ぱっと顔を耀かせて、おるいは立ち上がった。

「佐太郎さん？」

がらりと玄関の戸が引き開けられ、三和土に影が立った。弥平次だった。

「どちらさま？」

「佐太郎は帰ってねえかい？」

「……どちらさまでしょうか」

「こういう者《もん》よ」

腰の十手《じって》を引き抜いて、弥平次は威嚇するように振ってみせた。おるいの顔が凍りついた。愕然と立ちすくむおるいに冷やかな一瞥《いちべつ》をくれると、弥平次は背後を振り返って、

「構わねえから女を踏んじばれ」

「へい」

と応えて飛び込んできたのは下っ引の甚八である。腰の捕縄をはずしておるいに躍りかかり、手早く縄を打った。

「な、何をするんですか！」

必死にあらがうおるいの眼前に、弥平次が十手を突きつけて凄《すご》むようにいった。

「島抜けを匿った科だ。じたばたするんじゃねえ」

「………」

おるいの顔からさっと血の気が引いた。甚八はおるいを高手小手にしばり上げると、部屋の奥に引っ立てた。弥平次が戸口で待機していた三人の浪人をうながしてずかずかと上がり込み、部屋のすみに引き据えられたおるいを見下ろしてい

った。

「佐太郎が帰ってくるまで、しばらく待たせてもらうぜ」

おるいは観念したように目を閉じて顔を伏せた。三人の浪人たちが無遠慮に台所を物色している。酒を探しているようだ。すぐにそれと察して、弥平次が甚八に命じた。

「甚八、酒を買ってきてくれ」

「へい」

と甚八は飛び出していった。三人の浪人は部屋にとって返し、二つ並んだ夕食の膳の前にどかりと腰を下ろすと、手づかみで焼き魚や煮物をつまみガツガツと食いはじめた。飢えた野良犬のように粗野で下劣な浪人どもである。その様をちらりと横目に見ながら、

「あっしは『相模屋』にもどりやすんで、あとはよろしくお願いしやす」

そういいおいて、弥平次は出て行った。


黒雲が急速に流れて、西の端にほんのりと残照がにじみはじめた。

丈吉は猪牙舟《ちょきぶね》の櫓《ろ》を漕《こ》ぎながら、ほっとしたような顔で空を見上げた。

猪牙舟はこれからが稼ぎどきである。雨に降られたら目も当てられない。

（ついてるぜ）

にんまり笑いながら、丈吉は櫓を漕ぎつづけた。船頭仲間のあいだでは、暮六ツから宵の五ツごろまでを「男時《おどき》」と呼んでいる。つまり仕事運のよい時刻なのだ。逆に雨に降られるような運の悪い時刻を「女時《めどき》」と呼んでいる。

まさにいまが「男時」だった。大川の東岸（本所側）には、ちらほらと明かりが灯りはじめている。丈吉は櫓を漕ぐ手を止めて舟提灯《ちょうちん》に灯を入れ、

（尾上町《おのえちょう》の河岸に着けてみるか）

と、ふたたび舟を漕ぎ出して、艫先《みよし》を竪川の河口に向けた。

尾上町は本所最大の盛り場である。そこに舟を着けて尾上町から深川に繰り出す客を拾おうという胸算用である。竪川の河口に差しかかったときだった。

舟の行く手に何か黒い浮遊物がただよっている。丈吉はけげんそうに櫓を止めて、舟提灯の明かりをかざして見た。その瞬間、丈吉の口から「あっ」と小さな声が洩れた。

浮遊物は人間だった。身なりから見て男のようだ。うつ伏せの姿で浮き沈みしている。

素早く櫓を水棹《みさお》に持ち替えて引き寄せようとすると、男がふっと顔を上げて水棹にしがみついてきた。佐太郎だった。

丈吉の脳裏に先夜『相模屋』の近くで見かけた頬かぶりの男の顔がよぎった。月明かりの下でちらりと見た男の顔と佐太郎の顔が瞬時に重なった。

「おめえさんは……、ひょっとして佐太郎じゃねえのかい？」

「なぜ、手前の名を？」

水棹にしがみつきながら、佐太郎が不審そうに見返した。

「詳しいわけは舟の中でゆっくり話す。とにかく舟に上がるんだ」

丈吉は佐太郎の襟首《えりくび》をつかみ、渾身の力で舟に引き上げようとした。だが、思うように持ち上がらない。佐太郎も必死に這《は》い上がろうとしているのだが、体力が弱っている上に衣服が水をふくんでいるので、なかなか自力では這い上がれなかった。

体の重さに堪えかねて何度か川面に転落したが、悪戦苦闘の末、ようやく舟の上に引き上げた。胴ノ間にぐったりと仰臥《ぎょうが》した佐太郎の左肩に血がにじんでいる。

「大丈夫か？」

問いかけても、返事はなかった。佐太郎は気を失っていた。

丈吉はかがみ込んで佐太郎の左肩の傷口を見た。長さ七、八寸、深さ三寸ほどの、一目で刀傷とわかる傷だった。

（『相模屋』の用心棒の仕業にちがいねえ）

直観的に丈吉はそう思った。佐太郎は死んだようにぴくりとも動かない。どうしたものかと一瞬思案したが、意を決するように櫓を取って、ふたたび舟を漕ぎ出した。

竪川の河口から斜めに大川を横切り、両国橋の下をくぐって神田川に舟を乗り入れた。

向かった先は神田多町の千坂唐十郎の家である。

浅草御門橋、新シ橋《あたらばし》、和泉橋を経由して、筋違《すじかい》御門橋の手前で舟を左岸に着けると、護岸用の杭《くい》にもやい綱で舟をつなぎ、佐太郎の体を抱え起こした。

「おい。しっかりしろ」

耳もとで声をかけると、佐太郎がうっすらと目を開けた。

「心配はいらねえ。あっしはおめえさんの味方だ。自分で立てるかい？」

佐太郎は無言でうなずき、ゆっくり起き上がった。それを見て丈吉は先に舟を下りて佐太郎に手を貸してやった。よほど体力が消耗しているのだろう。足もとがおぼつかない。

「あっしの肩につかまんな」

佐太郎の体を支えるようにして、丈吉は土手道を登って行った。

筋違御門橋の前の火除けの広場——通称「八辻《やつじ》ケ原《はら》」を南に下がり、連雀町《れんじやくちよう》の小路を抜けると、神田多町に出る。唐十郎の家は多町二丁目にあった。

家の窓にぼんやり明かりがにじんでいる。玄関の戸を引き開けて、

「旦那」

と奥に声をかけると、唐十郎が出てきて、驚いたように佐太郎の顔を見た。佐太郎も唐十郎の姿を見て息を飲んだ。

「ご浪人さんは……！」

「どうした？　その傷は」

「実は……」

と気まずそうにいいさすのへ、丈吉が、

「とにかく傷の手当てをするのが先決だ。旦那、上がってもいいですかい？」

「ああ」

手を差し伸べて、佐太郎を奥の居間に連れて行くと、唐十郎は丈吉に命じて佐太郎の衣服を脱がせ、台所から焼酎《しょうちゅう》を持ってきて佐太郎の左肩の傷口に吹きかけた。

「不幸中の幸いだ」

傷口に血止めの薬を塗り、その上に真新しい晒を巻きながら唐十郎がいった。

「思ったより傷は浅い。血止めをしておけば命に別状はあるまい」

「ありがとうございます。おかげで助かりました」

丁重に頭を下げて礼をいうと、佐太郎は淡々とした口調で、岡っ引の弥平次や『相模屋』の用心棒に追われ、すんでのところで竪川に身を投じて難を逃れたことを打ち明けた。

「佐太郎」

唐十郎が険しい目で佐太郎を見た。

「連中に出くわしたのは、偶然じゃなさそうだぞ」

「え？」

「おまえの家を突き止めたのかもしれぬ」

「ま、まさか……！」

「でなければ、弥平次が六、七人も引き連れて歩いているわけはあるまい」

「！」

佐太郎の顔に戦慄《せんりつ》が奔った。そしていきなり立ち上がった。

「お、おい、どこに行くんだ！」

丈吉があわてて佐太郎の腕を取った。

「おるいが！　……おるいが心配です！　行かせてください！」

「落ち着くんだ、佐太郎」

唐十郎が厳しい声で制した。

「おまえが一人で立ち向かって行っても勝ち目はない。おるいはおれが助けてやる。おまえはここで待っていろ」

「で、でも」

「案ずるな。かならずおるいを助け出してやる。おれたちがもどってくるまで一歩もここから出てはならんぞ」

諭《さと》すようにそういうと、唐十郎は左文字国弘を腰に落とし差しにして、

「丈吉、おまえも一緒にきてくれ」

と丈吉をうながして、大股に部屋を出て行った。

第六章　斬奸《ざんかん》剣

一

じりっ……。

かすかな音を立てて行灯《あんどん》の灯が揺れた。

開け放たれた障子から、ときおり涼しげな夜風が吹き込んでくる。

黒雲が流れ去り、晴れた空から白い月明《げつめい》が皓々《こうこう》と差し込んでいる。

本所亀沢町のおるいの家の居間では、下っ引の甚八と二人の浪人者が車座になって酒を呑《の》んでいた。箱膳《はこぜん》の上の料理は食い散らかされ、空になった徳利が畳にごろごろ転がっている。浪人の一人はすでに酔いつぶれて大の字になっていた。

部屋のすみには、高手小手にしばられたおるいが、壁にもたれたまま身じろぎもせずにじっとうずくまっている。

やがて入江町の時の鐘が鳴りはじめた。

浪人の一人が濁《にご》った目でじろりと甚八を見た。名は矢頭典膳《やがしらてんぜん》。眉《まゆ》の薄い酷薄そうな面貌《めんぼう》の浪人である。

「四ツ（午後十時）の鐘ですよ」

「ほう、もうそんな時刻か――」

「そろそろ、お開きにいたしやしょうか」

甚八がそういうと、もう一人の下駄《げた》のように角張った顔の浪人が手を振って、

「なに、まだ宵の口だ。これからが本番ではないか。さ、おまえも呑め」

と甚八の茶碗《ちゃわん》にごぼごぼと酒を注いだ。この浪人は平林掃聞《ひらばやしかもん》という。

「佐太郎とやら、どうせ今夜は姿を現すまい。ゆるゆるとまいろう」

いいながら、矢頭はちらりと部屋のすみに目をやった。おるいが目を閉じたまま身を硬くしてうずくまっている。矢頭の口もとに薄い笑みがにじんだ。

「そういえば、久しく素人《しろうと》の女を抱いておらんのう」

「よく見ると、結構な美形ではないか」

平林も好色な笑みを浮かべて、

「酔い醒《ざ》ましに、ちょいと構ってやろうか」

と腰を上げるのへ、矢頭が憮然《ぶぜん》となって声を荒らげた。

「わしが先だぞ。平林」

「あんたの後は気色が悪い。わしが先にやらせてもらう」

険悪な表情でにらみ合う二人のあいだに、

「ま、まま」

と甚八が割って入って、

「じゃ、こうしやしょう。あっしが銭を投げやすから、裏表で決めたらいかがです?」

「よかろう。わしは表だ」

平林がいうと、矢頭も不承不承従い「裏」といった。甚八が文銭を投げた。裏である。

「ふふふ、わしの勝ちだ。すまんな、平林」

下卑た笑みを浮かべて立ち上がると、矢頭は部屋のすみに行き、おるいの前に片膝《ひざ》をついて顔をのぞき込んだ。気配に気づいておるいがふっと目を開けた。

「おるいと申したな」

酒臭い息がおるいの顔に吹きかかる。おるいは恐怖にすくみ上がった。

「わしのいうことを素直に聞けば、おまえの命は助けてやる」

いいつつ、矢頭は腰紐《こしひも》をほどいて袴《はかま》をずり下げ、着物の下前《したまえ》を開いて、下帯のわきから一物をつまみ出した。ぐんなりと萎《な》えてはいるが、かなりの巨根である。おるいは思わず目をそむけた。

「さ、これをしゃぶれ」

一物の尖端《せんたん》をおるいの口元に押しつけた。おるいは必死に首を振って拒《こば》んだ。

「わしのいうことが聞けんのか!」

癇性《かんしょう》な声を張り上げながら、矢頭はおのれの一物でおるいの頬《ほお》をぺたぺたと叩《たた》いた。そうしているうちに、一物がしだいに怒張してきた。息づかいも荒くなっている。

「我慢がならん」

いうなり、矢頭はおるいを抱きすくめて、荒々しく帯を解きはじめた。

「や、やめてください!」

おるいが悲痛な声をあげる。矢頭の手が着物を剝《は》いだ。剝ぐといっても、うしろ手にしばられているので袖《そで》を抜くことはできない。着物の前が大きく広げられ、白い胸乳《むなぢ》が露出した。矢頭は乳房をもみしだきながら、むさぼるように乳首を吸った。

平林と甚八が茶碗酒を呑みながら、薄笑いを浮かべて見ている。畳の上に大の字になって眠りこけていた浪人が、むっくり起き上がった。

「おう、酔いが醒めたか、菅生《すがお》」

平林がいった。

「何の騒ぎだ？」

菅生と呼ばれた浪人は、寝ぼけ眼《まなこ》で平林を見た。

「あれを見ろ」

と平林があごをしゃくる。菅生は首をめぐらして部屋のすみに目をやった。おるいの乳房を吸いながら、矢頭が着物の裳裾《もすそ》をめくり上げている。白い太股《ふともも》がむき出しになり、股間《こかん》にちらちらと黒い茂みがのぞいた。思わず菅牛は生唾《なまつば》を呑み込んだ。

矢頭の手がおるいの二布《ふたの》（腰巻）を剝ぎ取った。下半身があらわになる。

「や、やめてください！　……お願いです。許してください！」

身をくねらせて、おるいが必死にあらがう。

「ええい！　騒ぐな！」

怒声を張り上げて、矢頭は乱暴におるいを突き倒した。

おるいの体がごろんと仰向けに転がった。引き剝がされた着物と長襦袢《ながじゅばん》が大きくめくれ上がり、しばられた両手にからまっている。ほとんど全裸の状態だ。

矢頭はおるいの両足首を持って高々と抱え上げた。秘所がむき出しになる。そこへ怒張した一物を突き刺そうとした――まさにその瞬間、

「だ、誰だ！」

ふいに甚八が驚声を発した。三人の浪人が驚いて振り向いた。

開け放たれた障子の奥の闇《やみ》の中に、黒い影法師がうっそりと立っている。

「何だ、貴様は！」

平林と菅生が刀を引き寄せて立ち上がった。矢頭もあわてて身づくろいをし、刀をつかみ取って腰を上げた。影法師がゆっくり歩み寄ってくる。白い月明の中に浮かび立ったその影は、塗笠《ぬりがさ》をまぶかにかぶった千坂唐十郎だった。

「わしらに何の用だ！」

菅生が叫んだ。

「うぬらの命をもらいにきた」

「な、何だとッ！」

唐十郎は無言で濡《ぬ》れ縁に足をかけた。

「おのれ、曲者！」

平林が猛然と斬《き》りかかっていった。上段からの斬撃《ざんげき》である。刃唸《うな》りを上げて、刀が振り下ろされた。刹那《せつな》、
しゃっ！

月光を反射《はね》て、唐十郎の左文字国弘が一閃《いっせん》した。横薙《な》ぎの一刀だった。刀刃は平林の腹を深々と裂いていた。血しぶきを撒《ま》き散らしながら、平林は濡れ縁から転落していった。ぐしゃっと音がして地面に突っ伏した。上体が異様にねじれ、腹の裂け目から白いはらわたが飛び出している。

唐十郎が部屋に飛び込むのと、左右から菅生と矢頭が斬り込んでくるのが、ほとんど同時だった。一瞬、唐十郎は片膝を折って身を沈めた。

菅生の刀が頭上をかすめて空を切った。その隙《すき》に左から斬り込んできた矢頭の股間を、下からすくい上げるように斬り上げた。

「ぎえっ！」

奇声を発して、矢頭は仰向けに転がった。股間が血で真っ赤に染まっている。切り裂かれた下帯の下に一物はなかった。根元から切断されたそれが一間ほど先

の畳の上に転がっていた。悲鳴を上げながら、矢頭はのた打ち廻っている。

「き、貴様ァ！」

振り向きざま、菅生が袈裟《けさ》に斬り下ろしてきた。唐十郎は刀の峰でそれをはね上げた。柄をにぎる手に重い衝撃が伝わった。菅生の刀が鍔元《つばもと》でぽっきり折れて宙に舞い上がり、折れた刀身が天井板に突き刺さった。あわてて脇差《わきざし》を抜こうとするのへ、唐十郎の真っ向唐竹《からたけ》割りの一撃が襲った。

がつっ！

骨を断つ鈍い音がして、菅生の頭蓋《ずがい》が西瓜《すいか》のようにまっ二つに割れ、おびただしい血潮とともに白い脳漿《のうしょう》が飛び散った。甚八が右往左往しながら逃げまどっている。すぐさま背を返して、唐十郎は切っ先を甚八に向けた。

「お、おれは何もしちゃいねえ！　見逃してくれ！」

手を合わせて命乞いする甚八に、

「貴様も同じ穴のむじなだ。見逃すわけにはいかぬ」

いいざま、逆袈裟に斬り上げた。切っ先は甚八の首の頸《けい》動脈を切り裂いていた。音を立てて血が噴出する。声も叫びもなく甚八は丸太のように転がった。

唐十郎はすぐさま部屋のすみに跳んで、おるいのいましめを断ち切った。おる

いは羞恥《しゅうち》の表情を見せながら、乱れた着物を手早く前で合わせた。唐十郎は目をそらして、

「丈吉、終わったぞ」

と表に声をかけた。闇の奥から丈吉が駆けつけてきた。

「こいつらの死骸《しがい》を片づけるんだ」

「へい」

二人は部屋の中に転がっている三人の死体と、濡れ縁の下に倒れ伏している平林の死体を家の前の雑木林の中に運び込み、納屋から鍬《くわ》を持ってきて穴を掘って埋めると、部屋の中に飛び散った血を雑巾《ぞうきん》できれいに拭《ふ》き取った。おるいも手伝った。

すべての作業が終わるまで半刻以上はかかったであろう。三人とも水を浴びたように全身汗まみれである。唐十郎は首筋にしたたり落ちる汗を手拭《てぬぐ》いで拭きながら、

「佐太郎が待っている。行こう」

と、おるいをうながした。

「佐太郎さんが？」

おるいはけげんそうに見返した。

「詳しいわけは、あとでゆっくり話す」

そういって、唐十郎は踵《きびす》をめぐらした。丈吉がおるいをうながしてそのあとについた。

竪川の二ツ目橋近くの船着場から丈吉の猪牙舟《ちょきぶね》に乗って、三人は神田多町の唐十郎の家にもどった。佐太郎はおるいの無事な姿を見るなり、はじけるように立ち上がって、

「おるい！」

ひしと抱きしめた。おるいの頬に涙が流れた。恐怖から解放された安堵《あんど》感と佐太郎に会えたうれしさに、おるいは佐太郎の腕の中で声を上げて泣き崩れた。

（しばらく、そっとしておいてやろう）

目顔で丈吉にそう語りかけると、唐十郎は台所から一升徳利と茶碗を二つ持ってきて酒を注ぎ、丈吉とともに渇《かわ》いた喉《のど》を潤《うるお》した。ややあって佐太郎がゆっくり振り向き、

「ご浪人さんには、お世話になりました。何とお礼をいっていいやら……」

声をつまらせて頭を下げた。

「礼にはおよばんさ」

唐十郎が茶碗を置いて見返った。

「せめてご浪人さんのお名前だけでも」

「名は千坂唐十郎。公事宿の始末人だ」

「始末人？」

「表で裁けぬ公事訴訟《うったえ》を裏で始末する闇の稼業だ。別の事件を調べているうちに、ひょんなことから、おまえの五年前の事件を知ってな」

茶碗酒をかたむけながら、唐十郎はこれまでのいきさつを語って聞かせ、

「どうやら、おれが調べている事件と五年前のおまえの事件とはどこかでつながっているようだ。『相模屋』の鴻之助と岡っ引の弥平次はおれにまかせてくれ」

「では、その二人を千坂さまが……？」

「ああ、かならずおれが怨《うら》みを晴らしてやる。おまえは島抜けのお尋ね者だ。おるいを連れて江戸を出たほうがいい」

「わかりました」

佐太郎が素直にうなずいた。

「鴻之助と弥平次のことは千坂さまにおまかせして、今夜じゅうに江戸を出ま

す」

「そうか」

唐十郎は立ち上がって、床の間の袋戸から札入れを取り出し、佐太郎の前にポンと投げ出した。年番方与力・九鬼十左衛門から奪い取った札入れである。

「その中に三十両入っている」

「さ、三十両！」

「それだけあれば、とうぶん暮らし向きには困らんだろう。遠慮なく持って行け」

「で、でもこのような大金を……」

「おれの金ではない。悪党が三途の川の渡し賃に置いていった金だ。この金でおまえたちが幸せになれば、せめてもの罪ほろぼしにもなるだろう。遠慮なく納めておけ」

「ありがとうございます」

「このご恩は一生忘れません」

佐太郎とおるいがひれ伏すように頭を下げた。

「江戸を出たあと、行く当てはあるのか」

「わたしは遠州《えんしゅう》浜松《はままつ》で生まれ育ちました。いまはもう身寄りは誰もおりませんが、ほかに行く当てもありませんので、浜松に帰っておるいと一緒に小商いでもしながら静かに暮らそうかと」

「そうか。……丈吉」

「へい」

「江戸を出るまでまだ油断はならん。高輪《たかなわ》の大木戸まで二人を送ってやってくれ」

「承知しやした」

と応えて、丈吉は佐太郎とおるいに向き直った。

「あっしは千坂さまの手先をつとめてる丈吉って者だ。夜道は物騒だからな。途中まであっしが付いていってってやるぜ」

佐太郎とおるいはもう一度頭を下げて、名残を惜しむように腰を上げた。

二

白い朝靄《あさもや》が立ち込めている。

その朝靄の奥にこんもりと繁る木立と赤い鳥居がにじんで見える。日本橋馬喰町からほど近い、亀井町《かめいちょう》の竹森稲荷《たけもりいなり》の鳥居である。

まだ参拝人が訪れる時刻ではない。境内《けいだい》は人影もなくひっそりと静まり返っている。ふいにその静寂を破って、不如帰《ほととぎす》がけたたましく鳴きはじめた。

「不如帰の声ですな」

竹森稲荷の境内を歩きながら、宗兵衛が生い茂る木立を見上げてつぶやいた。

かたわらに千坂唐十郎がいる。佐太郎とおるいの件を報告するために『大黒屋』を訪ねたところ、「近くを散策しながら話を聞きましょう」と宗兵衛にさそわれて竹森稲荷の境内にきたのである。

「ご存じですか？　千坂さま」

宗兵衛が唐突に問いかけてきた。

「何のことだ」

「不如帰という鳥はずるがしこい鳥でしてね。自分では巣を作らずに、鶯《うぐいす》などの巣を奪って卵を産み、雛《ひな》を育てるそうです」

「ほう、それは知らなかったな」

「まるで『相模屋』のあるじ・鴻之助のようですよ」

そういって、宗兵衛は皮肉な笑みを浮かべた。

「自分では何の苦労もせずに、悪知恵ひとつで『相模屋』を乗っ取るなんて、不如帰のやり口にそっくりじゃありませんか」

「鴻之助と一緒にされては、不如帰が気の毒だ」

唐十郎は苦笑した。

「ところで」

宗兵衛が足を止めて振り返った。顔から笑みが消えている。

「『摂津屋』さんの明き株ですがね。譲渡先は『相模屋』に決まったそうですよ」

「年番方与力の九鬼が決めていたのか」

「はい」

「なるほど、それでからくりが見えてきたな。九鬼と鴻之助は『摂津屋』の株を手に入れるために、『摂津屋』の内儀を罠《わな》にはめたにちがいない」

「鴻之助という男は人の皮をかぶったけだものです。許すわけにはまいりません。ぜひ千坂さまに始末していただかなければ……」

口調はおだやかだが、宗兵衛の顔は怒りで紅潮している。

「いよいよ大詰めが近づいたようだ。しかし『相模屋』の鴻之助と岡っ引の弥平次だけでは、まだ役者不足だな」

「と申しますと？」

「九鬼十左衛門は南町の大物与力だ。その九鬼を鴻之助ごとき一介の材木商が直接動かせるわけはない。二人のあいだにもう一人別の人物が介在していたはずだ」

「もう一人？」

宗兵衛はちょっと思案して、

「ひょっとすると……」

「心当たりがあるのか」

「確かな証《あかし》はございませんが、定町廻りの西尾半蔵という男かもしれません」

「西尾？」

「南の御番所では評判の悪い男でしてね。九鬼十左衛門に取り入ってふんぞり返っていたそうです。何でしたら重蔵さんに調べさせましょうか」

「いや、その必要はあるまい」

「は？」

「重蔵のことだ。もうすでに目をつけているかもしれん。ついでに重蔵の店に立ち寄ってみるさ」

「お手数をおかけしますが、一つよろしく」

二人は踵を返して鳥居のほうへ足を向けた。

「今日も暑くなりそうですな」

恨めしそうに宗兵衛は空を見上げた。

立ち込めていた朝靄がしだいに晴れて、朝の陽差しがさんさんと降り注いでくる。

馬喰町二丁目の辻角で宗兵衛と別れると、唐十郎はその足で馬喰町三丁目の重蔵の付木屋《つけぎや》に向かった。

「あ、旦那《だんな》、おはようございます」

店の片すみで付木に硫黄を塗っていた重蔵が顔を上げて、

「朝から何の御用ですかい？」

と上目づかいに訊《き》いた。

「大筋が見えてきたぞ」

唐十郎は上がり框《かまち》に腰を下ろして、五年前に『相模屋』で起きた事件の一部始終や、昨夜、佐太郎とおるいを江戸から逃がしてやったこと、九鬼十左衛門と

『相模屋』の鴻之助が手を組んで『摂津屋』の明き株をねらったことなどを語り聞かせ、

「その九鬼と鴻之助をむすびつけた人物がいる。西尾半蔵という同心を知っているか」

「もちろん、知ってますとも」

重蔵はにやりと笑った。

「いまおっしゃった事件の全部に関わっているのは、岡っ引の弥平次です。その弥平次に手札《てふだ》を与えているのが、西尾半蔵って南の定町廻りなんで」

岡っ引は、町奉行所に所属する官憲ではなく、あくまでも定町廻り同心個人に雇われた手先（密偵）にすぎないのである。ちなみにテレビや映画の捕物帳に登場する岡っ引が、

「お上から十手を預かっている」

といって十手をひけらかす場面をよく目にするが、これは間違いである。雇いぬしの同心から「手札」という身分証明書が与えられるだけで、十手はもらえない。岡っ引は自前で十手を作っているのである。

「弥平次はたかが岡っ引ですからね。あれだけの悪事を一人でやれるとは思えね

えし、雇いぬしの西尾がそれを黙って見ていたとも思えやせん。弥平次の背後で糸を引いていたのは西尾に間違いありやせんよ」

「定町廻り同心なら牢屋同心の藪田や鏑木、差し入れ屋の『巴屋』を抱き込むこともできるからな。……よし、これで決まりだ」

「では、いよいよですかい？」

　重蔵がきらりと目を光らせた。

「最後の仕上げだ。手はじめに弥平次から始末する」

「じゃ、あっしは西尾の動きを探ってみやす」

「頼む」

　いいおいて、唐十郎はゆったりと腰を上げた。

・

　その日の夕刻。

　深川西町の材木問屋『相模屋』の離れ座敷に、あるじの鴻之助と西尾半蔵、そして弥平次の三人が顔をそろえていた。三人の前には『摂津屋』から町奉行所に返上された幕府公認の天秤《てんびん》が置かれてある。つい数刻前、手代の宇之吉《うのきち》が南町奉行所におもむき、例の目録と引き換えにもらってきたのである。

「これで誰にはばかることもなく両替商の招牌《かんばん》を掲げることができます。お二方にはいろいろとお世話になりました。あらためて御礼申し上げます」

鴻之助が満面に笑みを浮かべ、両手をついて二人に叩頭《こうとう》した。

「で、店はどこに構えるつもりだ?」

西尾が訊く。

「日本橋の本両替町《ほんりょうがえちょう》に五十坪ほどの空き店《だな》を見つけましたので、そこで開業することにいたしました。目下、職人を入れて店の造作に取りかかっているところでございます」

「ふふふ、手廻しがいいな」

「両替商は利幅の大きな商いでございます。開業のあかつきには、ぜひ手前どもにお金をお預けくださいまし」

「儲《もう》けさせてくれるか」

「元金の倍ぐらいには、いえ、ほかならぬお二方ですから、三倍四倍に増やして差し上げますよ」

「そりゃ願ってもねえ話だな」

弥平次が卑しげに笑った。

「屋号は決まったのか？」

と西尾が訊いた。

「はい。手前の名の一字を取って『鴻之屋《こうのや》』といたしました」

「『鴻之屋』か。……いい屋号だ」

うなずきながら、西尾は鴻之助に向き直っていった。

「『鴻』とは『おおとり』を表す。転じて大きいこと、広いことを意味する縁起のいい文字だ。その屋号のとおり、そちの商いが大きくなれば、わしらのふところも潤うことになる。せいぜい商いに精進することだな」

「はい。心して」

「ところで佐太郎の件はどうなった？」

「抜かりはありやせん」

応えたのは弥平次である。自信ありげに笑いながら、

「やつの居所を突き止めて、おるいという女を人質に取っておりやす。これからちょいと様子を見に行ってきやすよ」

「ご面倒をおかけいたします」

鴻之助に送られて、弥平次は『相模屋』を出た。

昨夕、本所竪川沿いで佐太郎を取り逃がしてから一昼夜がたっている。そのあいだに佐太郎が亀沢町の家にもどったとすれば、三人の浪人者が佐太郎の身柄を押さえているはずだ。それを確かめた上で、佐太郎を島抜けの罪人として始末するつもりだった。むろん、おるいも生かしておくわけにはいかない。佐太郎を匿った罪でおるいも殺すつもりだ。

佐太郎がこの世から消えてくれれば、鴻之助も枕を高くして眠れるだろう。
——これでまた一つ、鴻之助に恩を売ることができる。

弥平次はにんまりほくそ笑みながら、亀沢町の家の玄関の引き戸を開けて、

「おい、甚八」

と奥に声をかけたが、応答がなかった。屋内は人のいる気配もなく、ひっそりと静まり返っている。

(出かけたのか)

小首をかしげながら板敷きに上がり込み、居間の障子を引き開けた。その瞬間、弥平次の顔が強張った。部屋の中はもぬけの殻《から》である。おるいの姿も消えている。

(妙だな)

不審に思いつつ、部屋の中に足を踏み入れ、用心深くあたりを見廻した。

部屋の中はきれいに片づいている。浪人たちが酒盛りをしていた形跡もいっさい残っていない。そういえば玄関の三和土《たたき》にも履物《はきもの》が一つも残っていなかった。

飯を食いに出たか、それとも酒でも買いに行ったか？

だが、それにしては、おるいの姿が見当たらないのが不審だった。わざわざ人質を連れて外出するわけはない。嫌な予感がした。

奥の寝間の襖《ふすま》を引き開けたとたん、弥平次はアッと息を呑んで立ちすくんだ。

薄暗い部屋の真ん中に、見慣れぬ浪人者が塑像《そぞう》のように胡座《こざ》している。

「だ、誰だい！　おめえさんは」

弥平次が驚声を発した。浪人者がゆっくり顔を上げた。千坂唐十郎である。

「弥平次だな？」

低い声音で、唐十郎がいった。

「お、おめえさんは！」

「闇の始末人。貴様の命をもらいにきた」

「じょ、冗談じゃねえや！」

甲高い声を張り上げて、弥平次は身をひるがえそうとしたが、それより速く、唐十郎の右手が脇差を引き抜いていた。きらりと銀光を発して脇差が宙を走り、弥平次の右肩をつらぬいて柱に突き刺さった。

「わッ」

と弥平次は悲鳴を上げた。右肩を脇差でつらぬかれたまま柱にへばりついている。まるで百舌《もず》の速贄《はやにえ》のような恰好だ。

必死に脇差を肩から引き抜こうとしたが、もがけばもがくほど脇差の刃が肩の肉に食い込む。激痛に堪えかねて脇差から手を放し、弥平次はぐるっと首をめぐらして背後を振り返った。唐十郎が無表情で立っている。

「お、おれに何の怨みがあるというんだ?」

「怨みがあるのは、おれではない。『摂津屋』のあるじと内儀だ」

「な、何のことやら、おれにはさっぱり——」

口ごもりながら、弥平次は目を伏せた。

「わからぬか」

「おめえさん、何か勘違いしてるんじゃねえのか」

「勘違いしてるのは、貴様だ」

吐き捨てるようにいうと、弥平次の右肩に突き刺さった脇差の柄をにぎってグイとえぐった。傷口が広がり、脇差の刃先が肩甲骨《けんこうこつ》に食い込んだ。流れ出た血が右腕をつたって足元にしたたり落ちる。

「ひいッ」

と目を剝いて、弥平次がわめいた。

「や、やめてくれ！」

「素直に吐けばやめてやる」

「わ、わかった！『摂津屋』をはめたのはおれだ！　わ、脇差を抜いてくれ！」

「『摂津屋』の両替株がねらいだったんだな」

「う、うう……」

苦痛に顔をゆがめて、弥平次はうなずいた。

「もう一つ訊く」

「な、何だ？」

「南の定町廻り同心・西尾半蔵の差し金だったんだな？」

「ああ、そのとおりだ」

自棄《やけ》になったように弥平次が応えた。

「何もかも西尾の旦那と『相模屋』の鴻之助が企んだことだ。おれは西尾の旦那の指図に従っただけだ。た、頼むから見逃してくれ」

「『摂津屋』の彦次郎とおひでがどんな思いで死んでいったか、貴様にはわかるまい」

「あ、あの夫婦は勝手に死んだんだ。おれには関わりねえ」

「そうか。勝手に死んだか――」

唐十郎の双眸《そうぼう》に烈々たる怒りがたぎっている。

「じゃ、貴様も勝手に死ね」

いい捨てるのと、腰の左文字国弘が鞘走《さやばし》るのが同時だった。瞬息の逆袈裟である。

弥平次の声はなかった。切り裂かれた首から淋漓《りんり》と血が噴出している。ほとんど即死だった。すかさず脇差を引き抜いた。ドサッと音を立てて弥平次の体が崩れ落ちた。

両刀の血ぶりをして鞘に納めると、唐十郎は振り向きもせずに足早に部屋を出て行った。

三

日本橋本両替町は、その名が示すとおり、江戸の金融の中心街である。

南に北鞘町、北に後藤《ごとう》家の金座があり、江戸の主だった両替商がこの界隈《かいわい》に蝟集《いしゅう》していた。もちろん一般の商家も混在している。

本両替町と北鞘町を南北に分かつ通りの一角に、間口四間ほどの空き店があった。以前は老夫婦が筆墨《ひつぼく》屋をいとなんでいたのだが、跡継ぎがいないために店をたたんで郷里に帰ってしまったという。その店を買い取ったのが、『相模屋』の鴻之助だった。

閉ざされた表戸のわきの障子窓に明かりがにじみ、人影が揺らいでいる。

鴻之助が手代の宇之吉と二人の奉公人、それに用心棒の浪人二人を引き連れて店の下見にきたのである。店の中の改装普請はほぼ終わり、真新しい帳場格子や帳箱、帳簿棚、銭箱などが据えつけられていた。

宇之吉と二人の奉公人が、土間に散らかった鉋屑《かんなくず》や木片などを掃除している。

「宇之吉、天秤を持ってきておくれ」

帳場の板敷きに立って、鴻之助が命じた。

「はい」

宇之吉が奥の座敷から風呂敷包みを持ってきた。

包みの中身は、南町奉行所から下付された、両替商の金看板ともいうべき天秤である。鴻之助は天秤を丁寧に帳場格子の帳箱の上に置いて、その前に腰を下ろした。

「ふふふ、これさえあれば、明日からでも商いができる」

陶然《とうぜん》とつぶやきながら、鴻之助は愛《め》でるように天秤の台座を撫《な》でた。そこへ店の周囲を見廻っていた二人の浪人者がのっそりと入ってきて、

「掃除も終わったようだ。そろそろ引き上げるか」

一人がいった。

「わたしはもうしばらくここにいます。宇之吉に茶をいれさせますから、ご浪人さんたちは奥で休んでいてくださいまし」

「わかった」

うなずいて、二人の浪人は奥に去った。

「すまないが宇之吉、ご浪人さんたちにお茶をいれてもらえないかい」

「はい」

「茶の支度が済んだら、おまえたちは先に帰っていいよ」

「かしこまりました」

宇之吉は二人の奉公人をうながして勝手のほうに立ち去った。

帳場格子に座り込んだまま、鴻之助はしみじみと店の中を見まわした。三坪ほどの土間には客用の腰掛けもしつらえたし、天井、板壁、板敷きもすべて張り替えた。店じゅうに檜《ひのき》の木の香《か》が立ち込めている。

鴻之助は土間のすみに目をやった。注文した分銅《ぶんどう》形の招牌も出来上がっていた。『鴻之屋』の屋号を浮き彫りにし、その上に金箔《きんぱく》を貼《は》った豪華な木彫り招牌である。

——夢のようだ。

遠くを見るような目つきで、鴻之助はつぶやいた。

鴻之助は深川生まれ深川育ちの、生粋《きっすい》の江戸っ子である。

父親は腕のいい左官職人だったが大の博奕《ばくち》好きで、稼ぎのほとんどを博奕に注ぎ込んでいた。そんな父親に代わって、母親が野菜の行商や料理屋の賄《まかな》いをしながら細々と生計を立てていた。三度の食事もままならないほどの極貧生活だった。

鴻之助が六歳のとき、父親は博奕のいざこざでやくざ者に殺された。それ以来、母親が女手ひとつで鴻之助を育ててきたのだが、長年の貧乏暮らしと仕事の無理がたたって、その母親もあっけなくこの世を去った。鴻之助、十二歳のときである。

天涯孤独となった鴻之助は、深川佐賀町の口入《くちい》れ屋の紹介で、西町の材木問屋『相模屋』に丁稚《でっち》奉公に入った。それから二十年、鴻之助はなりふりかまわず牛馬のように働きつづけ、ようやく手代にまで上りつめた。

手代になって給金も上がり、やっと人並みの暮らしができるようになった。同時に金のありがたさも知った。金さえあれば手に入らないものはない。

世の中は金がすべてだ。金が世の中を支配しているといっていい。どんなに汚れた金でも、金をにぎったものが勝ちなのだ。

金の魔力に取り憑《つ》かれた鴻之助の心に、やがてどす黒い野望が芽生えはじめた。『相模屋』の乗っ取りである。その企てはまんまと成功したが、鴻之助の野望はとどまることを知らなかった。

——いずれは両替屋の招牌を手に入れて、江戸じゅうの金を動かしてみたい。

その野望が、いままさに叶《かな》ったのである。

（おれは勝った！）

大声で叫びたいほどの高揚感が、鴻之助の胸を満たした。そのとき、

「手前どもはお先に失礼します」

背後で宇之吉の声がしたが、鴻之助はぼんやり宙を見つめたまま上の空で聞いていた。節くれ立ったその手は、まるで女の肌を愛撫《あいぶ》するように天秤の台座を撫でている。

宇之吉たちが出て行って、いくばくもたたぬうちに、突然、

「な、なにやつッ！」

奥座敷で怒声がわき立った。その声で鴻之助は我に返った。はじけるように立ち上がって、奥の座敷に飛んでいった。そこに見たのは信じられぬ光景だった。用心棒の二人の浪人が、塗笠をかぶった見知らぬ浪人者と激しく斬り合っている。

何が起きたのか、にわかに理解ができなかった。

鴻之助はとっさに柱の陰に身をひそめた。

塗笠の浪人者は、千坂唐十郎だった。例によって刀を地擦りに構え、じりじりと二人の浪人に迫っている。浪人の一人はすでに肩口に手傷を負っていた。その浪人を庇《かば》うようにもう一人が数歩踏み出して、

「とう！」

裂帛《れっぱく》の気合とともに斬り込んできた。上段からの斬撃である。間一髪、唐十郎は体を右に開いて切っ先をかわし、手首を返して逆袈裟に斬り上げた。

「わッ」

と悲鳴を上げて、その浪人はのけぞった。胸が斜めに切り裂かれている。噴き出した血が畳に飛び散った。

次の瞬間、手傷を負った浪人が、捨て身の勢いで斬りかかってきた。諸手《もろて》にぎりの刺突の剣である。唐十郎は横に跳んだ。跳ぶと同時に、すかさず浪人の背後に廻り込み、拝み打ちの一刀を浴びせた。浪人の背中に赤い筋が奔った。

浪人は二、三歩よろめいて、そのままドッと前のめりに倒れ落ちた。

唐十郎はすぐさま背を返して、柱の陰に目をやった。鴻之助の姿が消えている。

ずかずかと畳を踏み鳴らして帳場に入った。

土間の暗がりに、鴻之助が青ざめた顔で立ちすくんでいた。その手には大事そうに天秤を抱えている。唐十郎は抜き身を引っ下げて鴻之助の前に立った。

「い、命だけは、お助けください。……お、お金なら差し上げます」

声を震わせて鴻之助が哀願した。

「金はいらん。その天秤をもらおう」

「こ、これだけは、ご勘弁くださいまし」

鴻之助は天秤を抱きすくめるようにして後ずさった。

「それは『摂津屋』の天秤だ。貴様のものではない」

「いえ、これは、これは手前が南の御番所からいただいたものでございます！　誰のものでもございません。手前のものでございます！」

「その天秤は命より大事なのか」

「な、なにとぞ、……なにとぞ、この天秤だけはご勘弁ください」

鴻之助が必死に哀訴する。

「わかった。天秤の代わりに貴様の命をもらおう」

「えッ」

「あの世でのんびりと銭勘定をするがいい」

いい捨てるやいなや、右手に引っ下げた刀を薙ぎ上げた。

ビュッと血が噴き飛び、鴻之助は白目を剝いてのけぞった。首が横一文字に切り裂かれている。白い喉骨が見えるほど凄《すさ》まじい一刀だった。

鴻之助の手から音を立てて天秤が転げ落ちた。首から血を噴き出しながら鴻之助は前のめりに崩れ落ち、土間に転がっている天秤を抱きかかえるようにして絶命した。死してなお天秤に執着している。そんな死にざまである。

塗笠の下の唐十郎の目がちらりと動いた。

土間のすみに『鴻之屋』の屋号を浮き彫りにした真新しい木彫り招牌が置いてある。

唐十郎は招牌に歩み寄って、ゆっくり刀を振り上げた。そして一気に叩きつけた。

かあーん。

乾いた音を立てて招牌が真っ二つに割れた。

鍔《つば》鳴《な》りをひびかせて左文字国弘を納刀すると、唐十郎は奥座敷を抜けて、裏口から路地に出た。表にはもう夜のとばりが下りている。

四辺の闇に素早く視線をめぐらし、塗笠のふちを引いて足早に歩き出した。するとそれを待ち受けていたように、路地の暗がりから小柄な影が飛び出してきて、唐十郎の横に並んだ。『稲葉屋』の重蔵である。

「終わりやしたか」

「ああ」

唐十郎はうなずいただけである。路地を抜けて、二人は日本橋川の河畔の道に出た。

「西尾の居場所はわかったか？」

歩きながら、唐十郎が訊いた。

「情婦《おんな》の家におりやす」

「おんな？」

「三月《みつき》ほど前に吉原の小菊《こぎく》って花魁《おいらん》を二百両で身請けして、堀江町《ほりえちょう》の家に囲ったそうで……。西尾は毎晩のようにその家に入りびたっておりやす」

「吉原の花魁を身請けしたか。……大そうなご身分だな」

「ご案内しやしょう」

そういうと、重蔵は先に立って歩きはじめた。

四

「どうぞ」

と、たおやかな女の手が伸びて徳利を差し出した。

西尾半蔵が二百両で吉原の妓楼から落籍《ひか》した小菊という女である。二百両といえば、現代の貨幣価値に換算して、およそ千五、六百万の大金である。

歳は二十一、二。まばゆいほどの美貌である。その美貌が表情をつつみ込み、人形のような冷たさを感じさせる。もともと吉原の花魁は気位が高い。妙に男に媚《こ》びたりしないところが、逆に西尾の情欲をそそるのだ。

「酒はもういい」

飲み干した猪口を膳に置くと、西尾はおもむろに立ち上がり、

「風呂に入る。おまえも支度をしなさい」

小菊に命じて風呂場に向かった。

この時代（延享年間）、据《すえ》風呂（自家風呂）のある家は、きわめて稀《まれ》だった。井戸を掘るのに金がかかり、薪代《まきだい》も高かったからである。

〈据風呂は余所《よそ》から入るが多いなり〉

と川柳に詠《うた》われているように、金持ちの商家などで風呂をたてると、もらい湯にやってくる人が多かったという。

一般に据風呂が普及するようになったのは、掘り抜き井戸の技術が進歩し、比較的安価に井戸が掘れるようになった天明《てんめい》ごろ（一七八一〜八九）からである。

西尾が借りたこの家は、日本橋のさる大店の主人が隠居所として建てた家で、据風呂がついているというだけで相場の三倍の家賃を取られた。

湯船は大人がふたり入れる大きさの、楕円《だえん》形の桶《おけ》である。その桶に銅製の筒を差し込んで火を焚《た》くので、一名「鉄砲風呂」とも呼ばれている。

西尾が湯につかっていると、脱衣場の引き戸がからりと開いて、薄衣《うすぎぬ》をまとった小菊が入ってきた。そして、つつましげに洗い場に両膝をつく。

西尾は手桶で湯をすくって、小菊の体にかけてやった。ぬれた薄衣の下に小菊の白い裸身が透けて見える。もちろん下には何も着けていない。

「お背中、流しましょうか」

「うむ」

湯船から出て、西尾は洗い場の簀《す》の子の上にあぐらをかいた。小菊が糠袋《ぬかぶくろ》で西尾の背中を流す。吉原では客と一緒に風呂に入ることはなかった。遊女の風呂と客の風呂が別々になっていたので、西尾に落籍されてはじめて小菊は男と一緒に風呂に入ることを覚えたのである。

「前も洗ってくれ」

と西尾がいった。いわれるままに、小菊は西尾の前にひざまずき、しなやかな手つきで一物を洗いはじめた。いや、洗うというより愛撫するような手つきである。左手で一物をこすりながら、右手で陰嚢《ふぐり》を包みこむようにして、やわらかく揉《も》む。これは西尾に仕込まれた指技である。たちまち一物が屹立《きつりつ》した。

「よ、よいぞ、小菊」

西尾の息づかいが荒くなる。のけぞりながら小菊の頭を押さえ、

「口でやってくれ」

という。小菊は西尾の股間に顔を埋めて、一物を口にふくんだ。舌先で一物の尖端を舐《な》めまわし、唇をすぼめて出し入れする。これも西尾に仕込まれた性技である。

小菊の口の中で一物がさらに膨張しはじめた。ひくひくと脈打っている。

「い、いかん」

うめきながら、西尾はあわてて小菊の頭を押し上げて一物を引き抜いた。

小菊がふっと顔を上げて、上目づかいに西尾を見た。湯気に濡れた頰がほんのり桜色に染まっている。

ぞくっとするほど色っぽい。

西尾が小菊の薄衣を引き剝いだ。全裸である。白磁《はくじ》のようにつややかな肌、ゆたかな乳房、くびれた腰、むっちりと肉がついた太股、股間に黒々と秘毛が茂っている。

西尾は小菊の腰を両手でつかんで立ち上がらせると、両脚を開かせ、はざまに手を差し込んで切れ込みを撫で上げた。小菊の口からかすかなあえぎ声が洩《も》れた。指先で切れ込みの肉芽を愛撫する。物狂おしげに小菊が腰をくねらせる。

指先を秘孔に入れて出し入れする。肉ひだが波打っている。さらにもう一本の指を入れて壺《つぼ》の中をこね廻す。

「あ、ああ……」

喜悦の声を上げて、小菊は体をそり返らせた。

西尾が小菊の腰を引き下ろす。小菊は西尾の膝をまたぐような恰好でゆっくり尻を落としてゆく。あぐらをかいた西尾の股間に、一物が垂直にそそり立っている。小菊の秘所に一物の尖端が当たった。

西尾がさらに小菊の腰を引く。一物が深々と埋没してゆく。根元まで入った。俗にいう座位である。下から思い切り突き上げる。

「あーっ」

たまらず悲鳴のような声を発して、小菊はのけぞった。両腕を西尾の首に巻きつけて激しく尻を律動させる。西尾の目の前でたわわな乳房がゆさゆさと揺れている。それをわしづかみにして乳首を吸いながら、西尾も突き上げる。壺口がキュッと締まる。一物の根元に得もいわれぬ緊迫感がある。

——さすが吉原の女は道具がちがう。

小菊を抱くたびに、西尾はつくづくそう思う。これほど具合のいい女には出会ったことがない。二百両の価値は十分にある。この女を手に入れるために、西尾は悪事に手を染めてきたのだ。

「お、おまえは……、わしの女だ。……わしが買った女だ。誰にも渡さんぞ」

口走りながら、西尾は昇りつめていった。

「い、いきます！」

小菊も絶頂に達していた。

「わ、わしも果てる！」

「中で、中で出してください」

「おう！」

西尾が吼《ほ》えた。次の瞬間、小菊の中で熱いものが炸裂《さくれつ》した。太股が痙攣《けいれん》している。

下腹をつなげたまま、二人は抱き合った。西尾は肩を揺らしながら息を荒らげている。立ち込める湯気と汗で二人ともびしょ濡れである。

情事の余韻を楽しむように、しばらく二人は抱き合ったまま弛緩《しかん》していたが、やがて小菊がゆったりと腰を上げた。萎えた一物がするりと抜ける。小菊の秘所から白濁した淫液《いんえき》がしたたり落ちた。

小菊は湯船につかった。西尾が気だるげに立ち上がり、

「先に出るぞ」

といって風呂場を出た。そして素肌の上に湯帷子《ゆかたびら》をまとって西尾は居間に向かった。もう一度酒を呑み直し、ふたたび寝間で小菊を抱くつもりである。

襖を引き開けて、部屋の中に一歩足を踏み入れた瞬間、

（おや？）

西尾は不審な顔で立ちすくんだ。行灯の灯が消えて部屋の中が真っ暗になって

いる。庭に面した障子は閉めておいたので、風に吹き消されるわけはない。

——灯油が切れたか。

と思い、行灯に歩み寄ろうとしたとき、ふいに部屋の奥の闇が動いた。

「誰かいるのか！」

叫びながら、闇に目をこらして見た。黒い人影がうっそりと立っている。

「だ、誰だ！」

「闇の始末人」

塗笠をかぶった千坂唐十郎だった。

「なにッ」

反射的に横に跳んで、床の間の刀架けに手を伸ばした。部屋の中は真の闇である。西尾の手が刀を探して虚空を泳いでいる。闇に唐十郎の影が流れた。ようやく刀架けの刀をわしづかみにして、西尾が振り返ったときには、もう唐十郎は目の前にいて、抜きつけの逆袈裟を西尾の首めがけて送りつけていた。

ずしん。

と畳をひびかせて、西尾は朽木のように倒れ伏した。ごろりと何かが畳の上を転がる音がして、ほぼ同時に鍔鳴りがひびいた。

音もなく障子が引き開けられ、おぼろに差し込む月明かりに唐十郎の影がよぎったかと思うと、すぐにその影は庭の奥の闇に消えて行った。ほどなく、

「どうかなさいましたか？」

と薄衣をまとった小菊が入ってきたが、敷居を一歩またいだ瞬間に、その足が慄然《りつぜん》とすくんだ。庭から差し込む月明かりの中に、血まみれの西尾の死体を見たのである。その死体には首がなかった。

「きゃーッ」

悲鳴を上げて小菊は跳びすさった。西尾の首が足元に転がっていたのだ。

五

堀江町の路地を抜けて、堀留川《ほりどめがわ》の河畔の道に出たところで、音もなく重蔵が走り寄ってきた。唐十郎は声もかけずに黙々と歩きつづけた。横に並びながら、

「『花邑』で大黒屋の旦那が待っておりやす」

と小声でいうと、重蔵は風のように走り去った。

堀江町から堀留町の料亭『花邑』までは目と鼻の先である。堀留川はその名の

とおり、和国橋の先で堀留になっている。その北側に広がる町屋が堀留町である。

視界が急に明るくなった。料亭や茶屋、居酒屋などが軒をつらね、まばゆいばかりの明かりをまき散らしている。人の往来も絶え間がない。

『花邑』の玄関の前で、唐十郎は塗笠をはずして引き戸を開けた。

「いらっしゃいまし」

奥から顔なじみの仲居が出てきて、

「『大黒屋』さんがお待ちかねですよ」

と、いつもの二階座敷に唐十郎を案内した。

「ご苦労さまでございました」

宗兵衛が両手をついて唐十郎を迎え入れた。座敷にはすでに酒肴《しゅこう》の膳部が用意されていた。唐十郎はその前にどかりと腰を据えた。

「お清めの酒でございます。まずは一杯」

と宗兵衛が酌をする。無言で受けて、唐十郎はきゅっと呑み干した。

「『摂津屋』さんのご夫婦を助けられなかったのは心残りですが、しかし、佐太郎さんとおるいさんが無事に江戸を出られただけでも、せめてもの救いでございます」

　宗兵衛がしみじみという。

「それにしても、今回はずいぶんと人を斬ったものだ」

　酒杯を口に運びながら、唐十郎は苦笑した。

「斬っても斬っても悪人輩《ばら》はいなくなりませんな」

「まさに『浜の真砂《まさご》はつきるとも、世に悪党の種はつきまじ』だ」

「逆にいえば、それだけ泣きを見る人が多いということですよ」

「おかげで、おれも食いっぱぐれがない。悪党さまさまだ」

「あ、さっそくでございますが」

　宗兵衛がふところから札入れを取り出して、四両の金子を唐十郎の前に置いた。

「今回の仕事料でございます」

「すまんな」

　四枚の小判を無造作につかみ取って、唐十郎はふところにねじ込んだ。

「仕事も終わったことですし、今宵はどうぞ心ゆくまでお召し上がりになってくださいまし。手前は不調法なのでこれで失礼いたします」

「はい。手前は前座をつとめさせていただいただけですので。……では、ごめんくださいまし」

意味ありげな笑みを残して、宗兵衛は出ていった。

「前座？」

唐十郎は小首をかしげて、

「どういう意味だ？」

とつぶやいた。と、ふいに次の間の襖がすっと引き開けられ、

「こういう意味ですよ」

姿を現したのは、浅草元鳥越の小料理屋『ひさご』の女将《おかみ》・お喜和だった。

「お喜和！」

「旦那、ずいぶんとお見かぎりだったじゃないですか」

にらみつけるような目つきで、お喜和がにじり寄ってきた。さすがに唐十郎は驚いた。あんぐりと口を開けたまま固まっている。

「さ、どうぞ」

お喜和が酌をする。唐十郎は狐《きつね》につままれたような顔で酌を受けながら、

「もう帰るのか」

「こ、これは一体どういうことなんだ？」

「千坂の旦那が〝裏の仕事〟で忙しい思いをしてるから、今夜はその労をたっぷりねぎらってやってくれって、大黒屋の旦那から頼まれたんですよ」

「なるほど、そういうことか」

「ほんとうに気くばりの行き届いた人ですねえ。大黒屋の旦那って」

しんなりと唐十郎の肩にもたれながら、お喜和はくすっと微笑《わら》った。

唐十郎は無言でお喜和の手を引き寄せた。

注・本作品は、平成十六年七月、学研パブリッシング（現・学研プラス）より刊行されたものです。

一〇〇字書評

切・り・取・り・線

購買動機（新聞、雑誌名を記入するか、あるいは○をつけてください）	
□（　　　　　　）の広告を見て	
□（　　　　　　）の書評を見て	
□ 知人のすすめで	□ タイトルに惹かれて
□ カバーが良かったから	□ 内容が面白そうだから
□ 好きな作家だから	□ 好きな分野の本だから

・最近、最も感銘を受けた作品名をお書き下さい

・あなたのお好きな作家名をお書き下さい

・その他、ご要望がありましたらお書き下さい

住所	〒				
氏名		職業		年齢	
Eメール	※携帯には配信できません	新刊情報等のメール配信を 希望する・しない			

この本の感想を、編集部までお寄せいただけたらありがたく存じます。今後の企画の参考にさせていただきます。Eメールでも結構です。

いただいた「一〇〇字書評」は、新聞・雑誌等に紹介させていただくことがあります。その場合はお礼として特製図書カードを差し上げます。

前ページの原稿用紙に書評をお書きの上、切り取り、左記までお送り下さい。宛先の住所は不要です。

なお、ご記入いただいたお名前、ご住所等は、書評紹介の事前了解、謝礼のお届けのためだけに利用し、そのほかの目的のために利用することはありません。

〒一〇一―八七〇一
祥伝社文庫編集長　坂口芳和
電話　〇三（三二六五）二〇八〇

祥伝社ホームページの「ブックレビュー」からも、書き込めます。

http://www.shodensha.co.jp/bookreview/

祥伝社文庫

公《く》事《じ》宿《やど》始《し》末《まつ》人《にん》 破《は》邪《じゃ》の剣《けん》

平成29年2月20日　初版第1刷発行

著　者　黒崎裕一郎《くろさきゆういちろう》

発行者　辻　浩明

発行所　祥伝社《しょうでんしゃ》

東京都千代田区神田神保町3-3
〒101-8701
電話　03（3265）2081（販売部）
電話　03（3265）2080（編集部）
電話　03（3265）3622（業務部）
http://www.shodensha.co.jp/

印刷所　堀内印刷
製本所　ナショナル製本
カバーフォーマットデザイン　中原達治

Printed in Japan ©2017, Yūichirō Kurosaki ISBN978-4-396-34291-3 C0193

祥伝社文庫の好評既刊

黒崎裕一郎

公事宿始末人　千坂唐十郎

お白州では裁けぬ悪事、晴らせぬ怨み……すべてをぶった斬る！　『木枯し紋次郎』の脚本家が描く痛快時代小説。

黒崎裕一郎

必殺闇同心《ひっさつやみどうしん》

人気ＴＶドラマ『必殺仕事人』を手がけた著者が贈る痛快無比の時代活劇！　「闇の殺し人」仙波《せんば》直次郎《なおじろう》が悪を断つ！

黒崎裕一郎

必殺闇同心　人身御供

四人組の辻斬りと出食わした直次郎は、得意の心抜《しんぬき》流居合で立ち会うものの……。幕閣と豪商の悪を暴く第二弾！

黒崎裕一郎

必殺闇同心　夜盗斬り

夜盗一味を追う同心が斬られた。背後に潜む黒幕の正体を摑んだ直次郎の怒りの剣が炸裂！　痛快時代小説。

黒崎裕一郎

必殺闇同心　隠密狩り

妻を救った恩人が直次郎の命を狙った！　江戸市中に阿片がはびこるなか、次々と斬殺死体が見つかり……。

黒崎裕一郎

必殺闇同心　四匹の殺し屋

頸《くび》をへし折る。心ノ臓を一突き。さらに両断された数々の死体…。葬られた者たちの共通点は…。

祥伝社文庫の好評既刊

黒崎裕一郎　必殺闇同心　娘供養

十代の娘が立て続けに失踪、刺殺など奇妙な事件が起こるなか、直次郎の助ける間もなく永代橋から娘が身を投げ……。

鳥羽　亮　冥府に候　首斬り雲十郎

藩の介錯人として「首斬り」浅右衛門に学ぶ鬼塚雲十郎。その居合の剣〝横霞〟が疾る！　迫力の剣豪小説、開幕。

鳥羽　亮　殺鬼に候　首斬り雲十郎②

秘剣を破る、二刀流の剛剣の刺客現わる！　雲十郎は居合と介錯を融合させた新たな秘剣の修得に挑んだ。

鳥羽　亮　死地に候　首斬り雲十郎③

「怨霊」と名乗る最強の刺客が襲来。居合剣〝横霞〟、介錯剣〝縦稲妻〟の融合の剣〝十文字斬り〟で屠る！

鳥羽　亮　鬼神になりて　首斬り雲十郎④

畠沢藩の重臣が斬殺された。雲十郎は幼い姉弟に剣術の指南を懇願され……父の敵討を妨げる刺客に立ち向かえ！

鳥羽　亮　阿修羅　首斬り雲十郎⑤

「おれを斬れば、おぬしも斬られるぞ」不吉な予言通り迫る鎖鎌の刺客。お家騒動に巻き込まれた雲十郎の運命は⁉

祥伝社文庫の好評既刊

鳥羽 亮　はみだし御庭番《おにわばん》無頼旅

外様藩財政改革助勢のため、奥州路を行く〝はみだし御庭番〟。迫り来る反対派の刺客との死闘、白熱の隠密行。

鳥羽 亮　血煙東海道　はみだし御庭番無頼旅

五十がらみ、剛剣の初老。憂いを含んだ若き色男。そして、紅一点の変装名人。忍び三人、仇討ち道中！

坂岡 真　のうらく侍

やる気のない与力が〝正義〟に目覚めた！　無気力無能の「のうらく者」が剣客として再び立ち上がる。

坂岡 真　百石手鼻《ひゃっこくてばな》　のうらく侍御用箱②

愚直に生きる百石侍。のうらく者・葛《つ》籠《づら》桃之進が魅せられたその男とは⁉　正義の剣で悪を討つ。

坂岡 真　恨み骨髄　のうらく侍御用箱③

幕府の御用金をめぐる壮大な陰謀が判明。人呼んで〝のうらく侍〟桃之進が金の亡者たちに立ち向かう！

坂岡 真　火中の栗　のうらく侍御用箱④

乱れた世にこそ、桃之進！　世情の不安を煽《あお》り、暴利を貪《むさぼ》り、庶民を苦しめる悪を〝のうらく侍〟が一刀両断！

祥伝社文庫の好評既刊

野口 卓
軍鶏侍《しゃも》

闘鶏の美しさに魅入られた隠居剣士が、藩の政争に巻き込まれる。流麗な筆致で武士の哀切を描く。

野口 卓
獺祭《だっさい》 軍鶏侍②

細谷正充氏、驚嘆！ 侍として峻烈に生き、剣の師として弟子たちの成長に悩み、温かく見守る姿を描いた傑作。

野口 卓
飛翔 軍鶏侍③

小棚治宣氏、感嘆！ 冒頭から読み心地抜群。師と弟子が互いに成長していく成長譚としての味わい深さ。

野口 卓
水を出る 軍鶏侍④

強くなれ——弟子、息子、苦悩するものに寄り添う、軍鶏侍・源太夫。源太夫の導く道は、剣のみにあらず。

野口 卓
ふたたびの園瀬 軍鶏侍⑤

軍鶏侍の一番弟子が、江戸の娘に恋をした。美しい風景のふるさとに一緒に帰ることを夢見るふたりの運命は——。

野口 卓
危機 軍鶏侍⑥

平和な里を襲う、様々な罠。園瀬藩に迫る、公儀の影。民が待ち望む、盆踊りを前に、軍鶏侍は藩を守れるのか⁉

〈祥伝社文庫　今月の新刊〉

夏見正隆

TACネーム アリス **尖閣《せんかく》上空10vs1**

機能停止に陥った日本政府。尖閣諸島の実効支配を狙う中国。拉致されたF15操縦者は…。

沢村　鐵《てつ》

ゲームマスター 国立署刑事課 晴山旭・悪夢の夏

目を覆うほどの惨劇、成す術なしの絶望――。殺戮を繰り返す、姿の見えない〝悪〟に晴山は。

内田康夫

終幕《フィナーレ》のない殺人

箱根の豪華晩餐会で連続殺人。そして誰かが殺される!?　浅見光彦、惨劇の館の謎に挑む。

南　英男

殺し屋刑事《デカ》　殺戮者《さつりく》

超巨額の身代金を掠め取れ！　連続誘拐殺人犯に、強請屋と悪徳刑事が立ち向かう！

辻堂　魁

逃れ道 日暮し同心始末帖

評判の絵師とその妻を突然襲った悪夢とは？　倅を助けてくれた二人を龍平は守れるか！

藤井邦夫

高楊枝《たかようじ》 素浪人稼業

世話になった小間物問屋の内儀はどこに？　鍵を握る浪人者は殺気を放ち平八郎に迫る。

有馬美季子

さくら餅 縄のれん福寿

母を捜す少年の冷え切った心を、温かい料理が包み込む。料理が江戸を彩る人情時代。

黒崎裕一郎

公事宿始末人　破邪の剣

濡れ衣を着せ、賄賂をたかり、女囚を売る。奉行所にはびこる裏稼業を、唐十郎が斬る！

佐伯泰英

完本 **密命** 巻之二十　宣告　雪中行

愛情か、非情か――。若き剣術家に新たな才を見出した惣三郎が、清之助に立ちはだかる。